Davi Pessoa Carneiro

ANACRONISMOS

ensaios de arte, literatura e filosofia de exceção

mórula
EDITORIAL

FAPERJ

Este estudo foi financiado pela FAPERJ — Fundação Carlos Chagas Filho de Amparo à Pesquisa do Estado do Rio de Janeiro, Processo SEI-260003/003702/2024.

REVISÃO
Ana Carolina de Moura da Silva

IMAGEM (CAPA)
Leonardo Zingano, "Imagem da série sobre o edifício São Pedro, em Fortaleza", 2022.

CIP-BRASIL. CATALOGAÇÃO NA PUBLICAÇÃO
SINDICATO NACIONAL DOS EDITORES DE LIVROS, RJ
Elaborado por Meri Gleice Rodrigues de Souza – CRB 7/6439

C288a

Carneiro, Davi Pessoa
Anacronismos: ensaios de arte, literatura e filosofia / Davi Pessoa Carneiro. – 1. ed. – Rio de Janeiro: Mórula, 2025.
188 p. ; 21cm.

Inclui bibliografia
ISBN 978-65-6128-104-1

1. Ensaios brasileiros. I. Título.

25-97706.0 CDD: B869.4
CDU: 82-4(81)

Rua Teotônio Regadas 26 sala 103
20021_360 _ Lapa _ Rio de Janeiro _ RJ
www.morula.com.br _ contato@morula.com.br
morulaeditorial morula_editorial

Sumário

Prefácio

Maria Filomena Molder

Bússola e alucinação

A dedicatória é uma bússola. Que o pensamento seja vida prova-se porque se recebe esse desejo em herança. Em todas as páginas deste livro se ouvem os ecos e os chamamentos dessa herança e isto pela sua pedra-de-toque mais alucinante, a saber, a tradução, cujo parentesco com o *tradendum* nunca se poderá ocultar.

Gostaria de esclarecer por que chamei à dança a alucinação. O motivo veio do modo como Davi Pessoa fala dos tradutores lançados "na loucura da tradução", cuja origem é uma fragmentação libertadora[1]. E então lembrei-me de Heráclito, para quem a alucinação é uma doença sagrada, o que deve ter um vínculo com a sua ideia de que a energia da alma cresce por si própria e que, por mais que se percorram os caminhos que vão dar a ela, nunca se consegue chegar ao seu âmago, o que paradoxalmente — para alguém que tinha tanto desprezo pela multidão, como ele — não impede que qualquer um possa ter acesso à sua profundidade, ao seu enigma (o que não quer dizer conseguir decifrá-lo).

Claro que Heráclito, não conhecendo outra língua além do grego, nunca se preocupou com a tradução, vivendo, sem o saber (e como haveria?), em estado pré-Babel. Isto não importa aqui, pois é

---

1 Aplicando ao tradutor, as palavras de Italo Calvino: "Porque o escritor é um homem que se fragmenta para libertar o próximo", escritas em defesa de Cesare Pavese contra a apropriação insolente e abusiva do seu suicídio por Geno Pampeloni.

a alucinação, a daquele que sabe que só em exílio alguém se pode restaurar (ainda Heráclito), que está a ser citada para se apresentar.[2]

Traduzir é muito seguramente o acto que comprova e põe à prova o mistério da multiplicidade das línguas. Davi Pessoa é tradutor e a sua aproximação à arte, literatura e filosofia de excepção, faz-se enquanto tradutor, por citar traduzindo, por citar traduções e, sobretudo, por perseguir em todo o lado a traduzibilidade.

Por vezes anónimo, por vezes quase incógnito, mas sempre actuante, este conceito atravessa todo o livro e acabou encapsulado no filtro do título do penúltimo ensaio, "Traduzibilidades". O uso do plural não é despiciendo. Voltarei a isto. Mas a sua entrada em cena faz-se de imediato no título do primeiro ensaio, dedicado a Cesare Pavese, através da voz do seu leitor, Furio Jesi. Na verdade, *Anacromismos* poder-se-ia chamar *Traduzibilidades*.

Traduzibilidade e criticabilidade

Se não inventou a palavra, e também pouco interessa, a questão da originalidade não é para aqui chamada, Benjamin fez dela uma chave para a qual procuramos ainda a fechadura que ela poderia abrir[3]. De algum modo, a traduzibilidade é em Benjamin um conceito equivalente ao conceito romântico de criticabilidade das obras poéticas.

---

[2] Cf. Giorgio Colli, *La sapienza greca* III, *Eraclito*, Adelphi Edizioni, Milão, 1993, respectivamente, 14 [A 56], 14 [A 10], 14 [A 55], 14 [A 37], 14 [A 37], 14 [A 50], 14 [A 38].

[3] Roubando a Benjamin um dos seus modos de caracterizar a obra de Baudelaire, em particular, os "Quadros Parisienses" de *As Flores do Mal* (que ele traduziu, como lembra Davi Pessoa), ao imaginar que uma ciência "ligada ao desenvolvimento social tenha o direito de considerar uma determinada obra poética [...] como uma espécie de chave fabricada sem a menor ideia da fechadura onde, um dia, poderá ser introduzida". Walter Benjamin, "Notas sobre os «Quadros Parisienses» de Baudelaire", *A Modernidade, Obras Escolhidas de Walter Benjamin*/3, edição e tradução de João Barrento, Lisboa: Assírio & Alvim, 2006, p. 189.

Condição interna de qualquer forma literária, a criticabilidade é uma segregação da obra que, por consequência, só pode ser criticada a partir de si própria, evitando qualquer operação que leve o crítico a sair fora dela. Daí a crítica tornar-se, segundo Friedrich Schlegel e Novalis, na consciência da obra e, portanto, a sua reflexão, o que culmina na fórmula "poesia da poesia" para designar a crítica, inserindo-se cada obra poética no *continuum* da ideia infinita de arte.

Por sua vez, a traduzibilidade é também uma segregação do original a traduzir. Porém, nem todos os textos a segregam: por exemplo, o livro de instruções do computador é isento dessa potência. Quer dizer, a traduzibilidade irradia de uma constelação de palavras insubstituíveis por outras. Se a tradução excede e usurpa esta lei poética sem a destronar, pois é *noutra língua* que o gesto substitutivo se exerce, a traduzibilidade é um convite à comunidade entre línguas e, ao mesmo tempo, enquanto efeito na própria tradução, uma elevação do original — coisa que ele sozinho não consegue — até àquela língua ante-babélica que só depois de Babel poderá ser resgatada, a que Benjamin chamou "língua pura". À tradução cabe a potência de eliminar a confusão em que a multiplicação das línguas enredou os seres humanos, sem afectar a sua existência múltipla.[4]

Parece-me que Davi Pessoa deixa cair um sobre o outro os dois conceitos, criticabilidade e traduzibilidade, produzindo um efeito próximo das cores que escorrem umas sobre as outras em certas pinturas (vénia a Wittgenstein), e de cada vez a mancha é outra, isto é, de cada vez se recomeça *da capo*. Nas palavras do autor, ao abrir-nos a porta: "Um novo começo, outros lances, novas jogadas".

---

[4] Cf. Walter Benjamin, *O conceito de crítica de arte no Romantismo alemão*, tradução de Márcio Seligmann-Silva, Iluminuras, Ed USP, S. Paulo, 1993; e "Tarefa do tradutor", *Obras escolhidas de* Walter Benjamin/ 5, Linguagem, tradução, literatura, edição e tradução de João Barrento, Assírio & Alvim, Lisboa, 2015, pp. 91-106.

Filologia, intimidade, comunidade

Alguém dirá: amar uma língua e uma cultura estrangeira, no caso, a italiana, não é um apenas um gesto filológico. Será, se levarmos a sério o que Giorgio Colli diz num escrito de juventude publicado postumamente, *Elenismo ed oltre*[5], sobre o tormento do filólogo que vive "na procura incansável da interioridade concreta de um outro homem, na ânsia de a surpreender na sua totalidade e de a sentir como própria". Onde está o tormento? Na antecipação de que a procura incansável não será preenchida. E, no entanto, esse tormento segrega um júbilo, o de viver exclusivamente "para as expressões daquela pessoa", as suas palavras, e, por elas, penetrar no seu "centro vital" (a voz, os gestos, o seu interior), "esquecendo-se de si". Por isso, a filologia é para Colli o modo mais completo de responder às perguntas: "que coisa é a vida?" e "como viver?". Todas as respostas satisfazem e todas cedem o lugar à próxima. São sete os ensaios em que Davi Pessoa, dando vazão ao "*pathos* filológico", se esquece de si, ao encontro do "centro vital" de vários outros.

É no ensaio com o título mais enigmático, "Vittorio Pica?" que se surpreende de modo mais intenso a relação entre filologia e intimidade, isto é, um desejo simultâneo de tocar no imediato de uma vida e uma ânsia de comunidade sempre provisória, mas nunca enganadora. Com o seu ponto de interrogação, Vittorio Pica é uma duplicação anacrónica do próprio fazer de Davi Pessoa, reflectindo-se na tarefa de uma vida, nascida de um amor intacto por culturas estrangeiras, com relevo particular para "a *força moderna da arte japonesa arcaica*", e para os simbolistas e decadentistas franceses.

Que segredo guarda Vittorio Pica? Que segredo guarda o ponto de interrogação acrescentado ao seu nome por Davi Pessoa? Juraria

---

5 *Elenismo ed oltre — Einleitung*, col. Nietzscheana quaderni, direcção de Sandro Barbera, Giulano Campioni, Franco Volpi, numero zero, edição Stefano Busellato, introdução de Giulano Campioni, Edizioni ETS, Pisa. 2004.

que o ponto de interrogação é um guia para a dieta de abstenção de identidade que ambos praticam, a caminho do estilhaçamento da soberania do nome próprio. "Em outras palavras, quem foi, portanto, Vittorio Pica? Um sujeito singularmente anacrônico e paradoxal. Um crítico de *exceção*, de gestos um tanto paródicos". Não é de pouca monta que o subtítulo de *Anacronismos, ensaios de arte, literatura e filosofia de exceção*, tenha sido inspirado pelo título de uma das colecções de ensaios de Vittorio Pica: *Letteratura d'eccezione* (1898).

Cigarras e salteadores

Logo no "Prólogo dos prólogos", começamos a sentir a ondulação dos leitores-lidos que onda a onda desembarcam, anunciando o grande deserto, ou os lugares desertados, onde acabam de aportar navegantes, desde sempre esperados e amortalhados[6]: Blanchot, Valéry-Leonardo da Vinci, Agamben, Pasolini, Didi-Huberman, Yves Bonnefoy, mas sobretudo Cesare Pavese, Italo Calvino, Natalia Ginzburg, escritores-tradutores, e Elsa Morante, aquela que, além de ter inventado uma ilha da infância ("Com uma determinação irremediável, sabia que para mim, daí a pouco, a ilha pertenceria ao passado", a segunda mais breve e mais bela brevíssima citação, já iremos à primeira), e separado limpidamente os P.F. dos I.M., seguiu a irradiação das cores de Fra Angelico, a braços com o terror da auto-destruição da humanidade inteira. A Benjamin cabe a parte do baixo-contínuo.

Como salteadores que nos assaltam de imprevisto, interrompendo o curso dos nossos passos, isto é, retirando "ao ocioso viandante

[6] Outro roubo. Desta vez ao poema de Daniel Jonas, "O Desembarque das ondas": "Imparável rede: / onda a onda / (/ esta amortalhando a anterior/) / o mar é um enterro", In: *O Desembarque das ondas. Antologia para Ingmar Bergman*, Linha de Sombra. Livraria, Lisboa, 2024, p. 36.

a sua convicção", assim considerava Benjamin[7] as citações (sublinhe-se que, neste quase aforismo, só está preparado para citar quem caminha, quem anda em viagem). Gosto desta ideia de estarmos à mercê daquilo que citamos, correndo o risco de não aguentarmos a investida das palavras alheias caindo sobre nós, sempre desprevenidos. Mas chamar-lhes cigarras, como o faz Mandel'štam, dá origem a um júbilo de temperaturas altas: as citações não param de cantar: "A citação não é um extracto, a citação é uma cigarra. A sua característica é a impossibilidade de se calar".[8]

Anacronismos é uma dramatização de lances, jogadas, avanços e recuos próprios da vida do pensamento, nos quais a citação, breve, brevíssima, longa, longuíssima, é o convidado de honra, pedindo exercícios respiratórios *atittrés*.

Contra a tradução

Ossip Mandel'štam tem uma palavra a dizer, duríssima, sobre traduções. Nunca praticou tal arte e lamentava o tempo que Anna Akhmatova perdia a fazê-las. Para ler Dante, aprendeu italiano; para ler Villon, francês. Ele subscreveria a ideia benjaminiana de que uma tradução só vale para quem está apto a ler o original. Davi Pessoa sabe, tão bem como eu, que Benjamin e Mandel'štam estão certos acima de qualquer dúvida, um praticando a tarefa do tradutor, o outro evitando-a e mesmo desprezando-a. No meu caso, estou fora, pois, não sabendo uma palavra de russo, tenho lido Mandel'štam em português, inglês, francês e italiano. E creio que se passará o mesmo com o autor de *Anacromismos*, irmãos mendicantes.

---

7 "Quinquilharias", "Rua de sentido único", *Obras escolhidas de Walter Benjamin/2, Imagens do pensamento*, edição e tradução de João Barrento, Assírio & Alvim, p. 60.

8 Ossip Mandel'štam, *Conversazione su Dante*, edição de Remo Faccani, tradução de Remo Faccani e Rosanna Giaquinta, Il Melangolo, Genova, 1994, p. 53.

As palavras e os seus usos

Partilhando a convicção wittgensteiniana de que a vida das palavras está no seu uso, tentarei agora uma cartografia incompleta dos usos de tradução e de traduzibilidade surpreendidos em *Anacronismos*. Para Davi Pessoa, a traduzibilidade não é, como para Benjamin, uma condição ínsita ao original, pois ela acha-se sempre já entre as línguas, e também se expande para fora do cenário intra-linguístico, por exemplo, entre a vida e a obra, entre o poeta e a sua atmosfera, expansão que também ocorre com o uso de tradução. Começo com Natalia Ginzburg, amplamente citada e reflectida neste livro (ensaio "Traduzibilidades") a propósito de ser escritor, dos mal-entendidos da autobiografia; a propósito do temor de escrever como uma mulher e do esforço de tentar escrever como um homem — "Em outras palavras, como traduzir-se?" bela decifração de Davi Pessoa —, presença a vários títulos notável. Mas a nota da escritora à sua tradução de *Madame Bovary* excede qualquer comparação.

"Cito a nota na íntegra [a mais longa das longuíssimas citações, seguindo-se a da carta que Agamben escreve a Elsa Morante sobre os efeitos que o seu romance *La Storia* produziu nele, cf. ensaio "O gesto paródico"], pois traz muitos elementos que podem ser pensados por nós", adverte Davi Pessoa. A proximidade com a concepção benjaminiana é evidente, mas as condições de uma e de outro não são idênticas. Natalia fala da tradução como escritora; Benjamin, como filósofo. Leitura obrigatória. Aqui, apenas um resumo analítico:

1. Recusa da crença generalizada de os escritores serem naturalmente fadados para a tradução, embora "traduzir um texto amado possa ser um exercício muito saudável, fortalecedor e vital" (isto mesmo irá ser posto à prova nas linhas seguintes); **1.1.** É fundamental levar a sério o carácter experimental, penoso e acidental do exercício, pois traduzir implica uma dieta difícil para um escritor: ausentar-se como tal, isto é, traduzir não faz parte das condições de ser escritor.

2. Diante dele, palavras escritas em língua estrangeira à espera de serem trasladadas (não será demais repetir: a tradução faz-se sempre sobre um texto amado), correndo o risco de nesse movimento elas serem destruídas: "Aliás, sabe certamente que, tocando-as, as destruirá". Convém não esquecer isto, que é duro de roer; **2.1.** Essa consciência reforça o rigor da dieta, "a atenção amedrontada e meticulosa" pedida é inteiramente oposta à sua habitual "escolha ousada, tirânica, apressada e imperiosa".

3. Ao viver um contraste tão brutal, é possível que o escritor se torne "menos ousado, menos imprudente e mais humilde". Este é um dos efeitos que o acto de traduzir pode originar nas disposições do escritor. Seguem-se outros, que talvez sejam desdobramentos ou variações do primeiro: por um lado, nas horas em que o escritor não escreve, horas de cinza, espevita-se um fogo desconhecido; por outro, ao procurar palavras maternas para as palavras estrangeiras (no dicionário e "na confusão da sua mente"), "mexe num enxame dentro de si, o qual o ataca", aí a alegria da expectativa de "sentir novamente a fecundidade da criação" toma conta dele.

4. É preciso combater a ilusão da apropriação (um perigo real). Traduzir é um acto de auto-desaparecimento, o estilo do escritor "definha entre as suas mãos"; mas, incapaz de se separar dele, em segredo o escritor acaricia-o, prometendo-lhe um tempo que há-de vir (enquanto traduz, o seu estilo não é mais do que um "instrumento inútil"); **4.1.** Porém, aquele gesto abalou-o ao ponto de se soltar uma impaciência (porque estou eu a traduzir e não a escrever?). Ora, traduzir supõe uma extrema paciência: "Assim, entre paciência e impaciência, entre meticulosidade e excitação, o escritor se sente caminhando numa região que lhe é completamente desconhecida". E, por isso, mesmo que já tenha traduzido vários textos amados, quando se decide por uma nova tradução, esquece-se de que já praticou aquele exercício, e recomeça sempre *da capo* (a expressão-motivo de Davi Pessoa não é usada por Natalia Ginzburg).

5. O escritor sente aquele auto-desaparecimento como uma estranheza insuportável, pois o seu negócio é conviver com o fundo do seu poço; **5.1.** De olhos escancarados, por amor, sujeita-se ao mundo alheio, ao mundo do outro, "deseja ser invadido, governado e comandado por ele, enfim, quer obedecer", ele que, como escritor, só conhece a soberania; **5.2.** Descobre, todavia, uma outra forma de soberania, a da intimidade entre quem ordena e quem obedece, e assim o servo respira a grandeza do seu soberano, "eliminando sobre as rugas de sua testa os desejos e os desenhos".

6. O tradutor move-se como um insecto que se agarra à sua folha, uma formiga; **6.1.** Este agarrar-se é, no entanto, insuficiente, é preciso olhar em volta, a galope como um cavalo: movimentos em tudo contrários procurando a mais bela trama; **6.2.** Risco: ser apenas formiga ou cavalo; **6.3.** Mas a recusa da disjunção sofre um pequeno revés de longo alcance: "A lentidão não deve aparecer, mas muito mais a corrida do cavalo", quer dizer, na obscuridade da lentidão do tradutor trabalha sempre a impaciência do escritor; **6.4.** É nessa contradição de aparência insanável que está situada a tradução. Seria possível ao escritor lutar todos os dias com esta contradição? Poderá algum dia livrar-se "do estorvo do seu estilo"?

7. Traduzir introduz uma interrupção no ofício de escritor, o que é um bem, pois o torna "capaz de conhecer-se [...] em alguns vestígios e em uma nova condição". Pelo auto-desaparecimento chegou-se ao auto-conhecimento, sempre fragmentário.

(Retomemos o fôlego lentamente, respiração abdominal).

Por comparação, a achega de Italo Calvino (conferência "Traduzir é o verdadeiro modo de ler um texto", no Congresso sobre Tradução, ocorrido em Roma, em 4 de junho de 1982) empalidece. Embora, para sua defesa, ele se dedique a aspectos, em relação aos quais Natalia Ginzburg passa ao largo.

Em primeiro lugar, a visão do milagre. Sim, a arte da tradução é a pedra-de-toque para a comunidade que as múltiplas línguas, abandonadas a si próprias, parecem obstruir. Agora, nas palavras de Davi Pessoa, "a tradução não pretende fazer desaparecer a diferença entre as línguas, porque a *traduzibilidade* é, antes, o seu jogo, ou seja, é a própria *utopia* existente na tarefa de tradução". Eis uma passagem em que vigora a atenção à traduzibilidade, enquanto jogo, anseio das línguas umas pelas outras.

Em segundo lugar, a poesia, e também a prosa, laboram no limite traduzível da língua, e o tradutor seria "aquele que se põe inteiramente em jogo para traduzir o intraduzível". Isto não é simplesmente verdade, por não ser possível, uma vez que qualquer tradução, por ser tradução, desfaz a harmonia poética do dizer, em que o querer dizer e o modo de querer dizer estão unidos um ao outro, inseparáveis e indecifráveis por análise ou mesmo por intuição. Davi Pessoa, na sua penetrante decifração do trabalho poético e de tradução de Cesare Pavese, toca na ferida: "E o tradutor imerso na tarefa da tradução mitológica sabe que não há traduções sem perdas, que o gesto de tradutor é um *trabalho de luto* contínuo e mútuo" (aqui passei para o primeiro ensaio "Cesare Pavese e Furio Jesi: a traduzibilidade da festa mitológica").

Em terceiro e último lugar (e voltando a "Traduzibilidades"), Calvino assegura, lembrando-nos uma ideia corrente, que "traduzir é o verdadeiro modo de ler um texto", acrescentando "que para um autor, refletir sobre a tradução de um texto seu, discuti-lo com o tradutor, é o verdadeiro modo de ler a si mesmo, de compreender bem aquilo que se escreveu e por quê". Isto é realmente uma novidade em relação à penetrante nota de Natalia Ginzburg.

Agora demoremo-nos junto de Cesare Pavese, que se mantém no plano da paixão por um texto a traduzir: "Como ele próprio expressou numa carta a Bompiani em 15 de janeiro de 1940: 'para traduzir bem é preciso se apaixonar pelo material verbal de uma obra, e senti-lo renascer em sua própria língua com a urgência de uma segunda criação. Caso contrário, é um trabalho mecânico que qualquer um pode fazer'". Aqui, surge uma coisa ainda não entrevista, e que é consequência do apaixonar-se pela matéria verbal em língua estrangeira, cuja intensidade leva ao seu renascimento na língua materna: o entendimento da tradução como uma segunda criação: "Traduzir *Moby Dick* é se colocar no fluir dos tempos" (a primeira mais breve e mais bela brevíssima citação).

Davi Pessoa fala de um *pathos filológico* em Pavese, a propósito da sua obra poética e de tradução, *pathos* "que ele sempre carregou consigo em sua escrita como romancista, poeta, crítico, tradutor e editor". Na verdade, foi esta entrega aos autores americanos, "'documentos filológicos', aqueles permeados por novos mitos e novas formas de experiências literárias e políticas, que provocam uma *transfiguração* da realidade e na realidade, isto é, uma *traduzibilidade*", — que livrou Pavese da sufocação no estéril simbolismo com que se banqueteava o fascismo italiano. Nos autores americanos, preenche-se, renovando-se, o seu ímpeto mitológico. A tradução torna-se, assim, um gesto redentor. Aliás, ele vê qualquer poética como uma tradução: "Uma poética é apenas uma tradução em termos normativo-conceituais dos fantásticos esquemas que um poeta está convencido de ter à sua disposição" (início da epígrafe do primeiro ensaio, retirada de "A poética do destino", título que não poderia ser mais revelador).

"Eis o *punctum*: a tarefa da tradução atua o célebre *da capo*, para que possamos encontrar novos caminhos, outras derivas para o retorno ao ser humano. Uma imensa tarefa".

E, aqui, se inserem duas ocorrências do uso de traduzibilidade que respeitam a uma consideração de Italo Calvino sobre o chamamento recíproco entre memória e ficção, recusando a redução do passado à sua apropriação historicista, sem abdicar da exigência de participar, segundo ele, "nas mudanças do mundo". Nas palavras de Davi Pessoa "está em jogo uma espécie de *traduzibilidade*, do modo de vir-a-ser dos textos, do modo de querer dizer algo que está em constante transformação e translação".

Mais adiante, porém, esta reciprocidade entre o modo de desdobrar-se dos textos e a força tumultuária da realidade sofre uma redução culinária ou, por outras palavras, essencial: "Ler, portanto, não apenas o que foi escrito, mas também *o que nunca foi escrito*. Eis uma grande tarefa de *traduzibilidade*, de translação de um significado a outro". Promessa de travessia de um limiar sempre por atravessar.

E, ainda mais para diante, no contexto do sexto ensaio, "As intempestividades do contemporâneo", volta-se ao assunto por um desvio benjaminiano (lembre-se o seu "método é desvio"): "Benjamin aproxima, não à toa, a palavra *Schwelle* (que vem do verbo *schwellen*, inchar, dilatar) ao termo *Welle* (onda)." Regressam as nossas ondas. Gosto muito deste gesto filológico que faz nascer a *Welle* do coração de *Schwelle*, o limiar prenhe de ondas. E continua Davi Pessoa: "Nessa soleira movente, encontra-se nossa tarefa de traduzibilidade: fazer emergir, da guerra entre lógica e analogia, a força de transfiguração do ponto de fratura e, ainda, da intempestividade do contemporâneo". Da guerra entre aquela analogia[9] e a lógica eleva-se a força criativa, associada por Davi Pessoa à "intempestividade do contemporâneo". Que "o tempo intempestivo recusa qualquer domesticação", é o pagamento certo à dívida para com Nietzsche, agora citando-o: "Agir de maneira intempestiva, quer dizer, contra o tempo, e assim sobre o tempo, em favor, eu espero, de um tempo que virá", isto é, nesta recusa a aderir à sua própria época, deslizando dentro das ondas que batem contra essa muralha, está sediada "a tarefa de traduzibilidade". Aliás, a vida, se for entendida como uma "transfiguração ética de leitura do ainda não-vivido" é um ouvido "à escuta das traduzibilidades".

---

[9] Ela é mais do que uma analogia, e talvez seja de declarar guerra à analogia (Davi, isto é o meu ímpeto guerreiro, Marte em Escorpião). Claro que a analogia convém sempre, mas, de vez em quando, é bom interromper o seu curso, para as ondas nascerem íntegras da sua mãe-limiar.

Já a "intempestividade do contemporâneo" é um negócio em que Agamben, figura central deste ensaio, se empenhou.

Um divertimento instrutivo

> O escritor jamais pode esquecer a demanda. Isso deve estar no centro de seu trabalho. O escritor tem dentro de si uma multidão de interlocutores invisíveis, uma multidão indistinta e composta, entre os quais estão rostos de amigos, rostos de estranhos, rostos de familiares, rostos de mortos. A relação com esta multidão obscura, indistinta, silenciosa e vigilante dentro dele está no centro de seu trabalho.
>
> O escritor nunca pode esquecer a pesquisa. Deve estar no centro de seu trabalho. O escritor tem dentro de si uma multidão de interlocutores invisíveis, uma multidão indistinta e composta, entre a qual há rostos de amigos, rostos de estrangeiros, rostos de familiares, rostos de mortos. A relação com essa multidão escura e indistinta, muda e alerta dentro dele, está no centro de seu trabalho.

Eis uma citação da Natalia Ginzburg em duas diferentes versões (respectivamente p. 20 e p. 90 da minha cópia de *Anacronismos*, ainda por publicar). Hábitos filológicos invencíveis levaram-me a comparar as duas versões. E descobri que, na passagem-chave, elas divergiam (seguindo a ordem das páginas, embora a ordem da feitura das versões possa ser a inversa): "obscura" fica "escura"; "silenciosa" transforma-se em "muda" e "vigilante" em "alerta" (mas "indistinta" mantém-se). Ainda uma linha atrás, onde se reconheciam "estranhos", vêem-se agora "estrangeiros" (logo na primeira linha, a substituição de "demanda" por "pesquisa" parece ter origem na evitação de um tom arcaico).

Entretanto, sondado o autor, fiquei a saber que, após revisões recentes, o texto de Natalia Ginzburg ficou assim:

> O escritor jamais pode esquecer a pesquisa. Esta deve estar no cerne de seu trabalho. O escritor tem dentro de si uma multidão de interlocutores invisíveis, uma multidão indistinta e composta por rostos de amigos, de desconhecidos, de familiares, de mortos. Sua relação com essa multidão obscura, indistinta, silenciosa e vigilante está no centro de seu trabalho.

É quase idêntica à versão que aparecia na tal p. 20, com uma alteração rítmica de monta: desapareceu a repetição da palavra "rostos", que só ocorre na referência a "amigos", ganhando a frase, pelo *staccato* introduzido, um novo acento dramático, uma urgência. No laboratório alquímico da tradução, o pó da ruína que cada substituição deixa cair é indício de um tesouro secreto. Davi Pessoa fala, ao mesmo tempo, de luto e de recomeço "da capo", furores heroicos.

Ouvimos ressoar a operação poética de "outrar-se", que está na origem dos heterónimos de Fernando Pessoa, mas que, finalmente, é a operação poética "tout court", que nos heterónimos pessoanos conheceu o seu limite mais hipnótico e expressivo.

Uma abelha paraninfa

Tenho uma amor particular por Natalia Ginzburg e a presença dela em *Anacronismos* encheu-me de alegria. Não conhecia nenhum dos textos citados, só os romances, as novelas, os contos. O mesmo acontece com Elsa Morante, mas inteiramente noutro sentido, ela era para mim a grande desconhecida e iniciei-me na sua escrita, agora, pela mão de Davi Pessoa, que lhe dedica três dos seus sete ensaios.

Atrás, já lembrei, através da segunda mais breve e mais bela brevíssima citação, a ilha da infância, a ilha de Arturo, cujo entendimento ocupa o coração do primeiro ensaio, intitulado *et pour cause*, "O gesto paródico", um retorno do reconhecimento paródico do personagem Vittorio Pica (sendo Giorgio Agamben fonte de inspiração para o desdobramento do paródico e da paródia). Por outro lado, no segundo ensaio a ela dedicado reaparece o sinal de interrogação, "O mundo salvo pelos garotinhos?", que sendo, por um lado, um recurso retórico para impedir a indistinção com o título da obra de Elsa Morante, também é fruto do mais autêntico *pathos* filológico de Davi Pessoa: "*Il mondo salvato dai ragazzini*, além de ser uma ferida, é também um *rebus*".

Ao lermos pela primeira vez o poema "Às personagens" (*Alibi*, 1958; 1956 é o último ano de redacção de *A ilha de Arturo*), a perplexidade sentida impede qualquer interpretação, ficamos a engolir em seco. Sim, "essas personagens abrem um abismo que é tão misterioso quanto familiar. Elas são uma espécie de *rastro*". Rastro de quê? Da fome de vida de Elsa Morante: os Mortos que acolhem a poeta, "eu, mulher boba e bárbara/ nada mais do que sua súdita e serva", acabam por ver sugado todo o seu mel, sem o qual ela não pode ser "também a fita de ouro dos seus/ atos". *Ars poetica* tremenda por ser verdadeira. Leia-se o poema na íntegra.

Também na íntegra a "Canção dos F. P. e dos I. M. em três partes", terceira parte de *O mundo salvo pelos garotinhos*, intitulada "Canções populares". É um "acontecimento feliz", como diria Goethe, que em português (também em espanhol, já em francês...) as siglas sejam as mesmas que em italiano. Nos dois primeiros versos Elsa decifra: "O que significa F. P.? Trata-se de uma abreviação/ para *Felizes Poucos*". A maior diferença entre estes e os Infelizes Muitos é o modo de viver felicidade e infelicidade, a infelicidade dos F.P. é ALEGRE, ao passo que a felicidade dos I.M. é TENEBROSÍSSIMA.

Livro difícil de classificar, *O mundo salvo pelos garotinhos*, talvez seja a primeira tentativa de um género que não conheceu a segunda (no belíssimo poema escrito por Pasolini em louvor de Elsa experimenta-se essa intuição). Instada a explicar-se, ela escreverá "na nota introdutória à edição de 1971" uma descrição graciosa e feroz, citando em tribunal todos os géneros literários e outros que literários não são, numa amálgama paródica e trágica, cujo travo utópico se saboreia na "lembrança de *outro* mundo [nem primeiro, nem segundo, nem terceiro]: uma lembrança que dos filósofos contemporâneos é habitualmente removida)".

Vemos em acto a traduzibilidade, numa variação só agora nomeada: "E mais uma vez o *ritornelo*: tudo isso em substância e verdade não é nada mais do que um jogo", o vaivém entre a trama de viver e a trama dos versos.

Saltos imprevistos, resistências estranhas

Separados apenas por um século, Fra Angelico e Leonardo da Vinci (apesar dos efeitos que a *Anunciação* de Fra Angelico teve sobre o olhar de Leonardo) parecem separados por anos-luz de distância. Fra Angelico é apenas, e só, um pintor. Leonardo sendo pintor, e sempre reconhecido como pintor, desenhador excepcional, arquitecto, escultor, é também um inventor engenhoso de muitas máquinas, em particular, máquinas de guerra e uma máquina de linguagem, modo de Paul Valéry referir à operação "na qual o relaxamento do espírito excitado se consome em vencer resistências *reais*, e exige do escritor que se divida contra si mesmo". Na verdade, essa máquina deve ser olhada rigorosamente como um instrumento ocasional (ainda instruções de Valéry). Anatomista ousado, Leonardo ama os enigmas e não perde ocasião para os forjar, um dos mais notórios a sua própria letra, só legível pelo uso do espelho, onde, como nas imaginações delirantes da sua cozinha, se observa uma crueldade acentuada — a linguagem vendo-se a si própria, que tanta atracção exerceu sobre Jean Clair, Duchamp —, paradoxalmente compatível com o gesto libertador de pássaros engaiolados, tanto era a sua paixão pelo voo. O terceiro ensaio de *Anacronismos* ocupa-se de Leonardo da Vici pintor-filósofo.

Do barco da confiança aos túmulos vazios

Morante encaminhou-se para Fra Angelico, a quem ela se dirige sempre como Beato, por encomenda, por ter sentido "desde as suas perguntas imaturas" que ele a tinha evitado como se ela fosse uma estrangeira, e porque ele ainda vive num mundo ancorado no "barco da confiança". Mais do que santo, Beato é para ela o "sortudo", o "felizardo", o que seguramente tem origem numa celebração cromática: "Lá em meio ao verde, que é a cor da ressurreição e do descanso; e em meio ao turqui, que é a cor do nascimento". Nenhum sinal da "tentação oculta de desintegrar-se" (tão evidente em Leonardo, que sob esse aspecto é já um moderno). Tudo isto escrito por ela num livro intitulado *Pró ou contra a bomba atômica*, onde desdobra a sua compreensão de que "o nosso tesouro atômico mundial" é, em rigor, uma consequência da "desintegração da consciência", como para Baudelaire seria o "aviltamento dos corações" a levar o mundo à ruína (cf. "Le monde va finir").

Davi Pessoa presta uma atenção demorada a este confronto gracioso — "Elsa argumenta que diferentemente do beato (herdeiro de muitos pais), todos nós estamos órfãos, e não conseguimos mais ouvir as vozes dos mortos por causa do 'fracasso atômico que nos ensurdece'" —, que desemboca na descrição do sepulcro de Fra Angelico na igreja Santa Maria sobre Minerva em Roma, o seu retrato esculpido a partir da máscara mortuária: "nos traços quase camponeses dessa pobre máscara de velho adoentado, é possível decifrar melhor, poderíamos dizer, a escritura materna de seus três nomes: Beato Angelico, na atenção; Giovanni, na disciplina; e Guidolino, na esperança interrogativa daquele raio amante prometido, o qual não se decompõe no espectro visível". Tudo isto faz parte de um mundo em que não só não há órfãos como os nomes se multiplicam conforme a parentela e o lugar, e em que a luz divina não sofre os martírios da refração. Elsa sabe que também na pintura não há refração: as cores não nascem da luz, é a luz que nasce das cores.[10]

Levado pelo anseio de pensar o impensável, a morte (missão impossível), Davi Pessoa viaja desde o túmulo de Fra Angelico em Roma até aos túmulos vazios de Ravena numa deambulação contemplativa, tendo escolhido como guia Yves Bonnefoy, a quem associa Didi-Huberman e ainda Bataille. Como se fossem moradas sem a morte, diante das tumbas é de evitar, segundo ele, o apaziguamento ilusório; melhor será uma aproximação dividida, entre a angústia e a tranquilidade, um sulco onde é pensável o que liga a vida à morte. O que sentiu, o que sente Davi Pessoa? "Uma alegria desconcertante: colocar-se à escuta das ruínas".

Oferenda

Zara[11] era o nome de uma das irmãs de Joaquim de Araújo[12], morta, uma menina ainda, em 16 de Novembro de 1879. Por amor da irmã e admiração por Antero, a quem pediu uns versos em memória da irmã, fez traduzir as duas quadras em versos de onze sílabas por

---

[10] Deleuze sublinha isso mesmo num magnífico capítulo de *Logique du sens*, onde compara o modo newtoniano e o modo goethiano de ver a luz e a relação entre luz e cores.

[11] *Zara. Edição Poliglota*, Edições do Saguão, organização, notas e posfácio de Andrea Ragusa, Lisboa, 2022.

[12] Escritor nascido em Penafiel em 1858, grande impulsionador das letras em Portugal e grande divulgador da cultura portuguesa fora de Portugal, que em 1894 se tornou cônsul em Génova. A profunda admiração e a amizade por Antero de Quental (dezasseis anos mais velho) foram uma constante da sua vida. Numa carta a Teófilo de Braga, datada de 1908, lê-se: "Nunca houve contrato que eu fizesse em que eu não fosse roubado. E nunca tive um *cão*, nunca pedi dinheiro emprestado a ninguém senão a Antero, que me emprestou três libras, quando eu precisava de duas". Joaquim de Araújo morrerá em 1917 na Casa de Saúde do Telhal em Rio de Mouro/Sintra, doente dos pulmões e afectado mentalmente.

diferentes tradutores em 77 línguas e idiomas-dialectos (alguns já quase desaparecidos).

Em 1894 é publicada pela Imprensa Nacional *Zara. Edição Polyglotta*, com bibliografia e prefácio de Joaquim de Araújo, acrescidos de uma tábua dos idiomas e uma tábua dos tradutores, numa tiragem de 180 exemplares.

Um ano depois, é publicada em Génova uma *plaquete* sob a responsabilidade do linguista, poliglota e tradutor italiano, Emilio Teza, que recolhe 11 novas versões, antecedidas por um conjunto de extraordinárias "Noterelle", nas quais se fala da tendência para a escuridão do poliglota e se incluem ainda duas tentativas suas de tradução.

Eis os versos de Antero de Quental, enviados ao amigo em 16 de Janeiro de 1880:

> Feliz de quem passou, por entre a mágoa
> E as paixões da existência tumultuosa,
> Inconsciente como passa a rosa,
> E leve como a sombra sobre a água.
>
> Era-te a vida um sonho: indefinida
> E ténue, mas suave e transparente.
> Acordaste... sorriste... e vagamente
> Continuaste o sonho interrompido.
> *No túmulo de uma criança — Zara*

Prólogo de prólogos

O historiador Carlo Ginzburg lembra que, quando criança, admirava muito seu avô materno, o biólogo Giuseppe Levi, muito conhecido internacionalmente. Três de seus estudantes receberam o prêmio Nobel de fisiologia ou medicina: Rita Levi-Montalcini, Renato Dulbecco e Salvador Luria. Giuseppe foi um grande renovador da biologia experimental no mundo. Durante o fascismo foi destituído de seu cargo na universidade e passou a ser perseguido pelas leis raciais, sendo obrigado a se exilar na Bélgica e, depois, em outros países, como nos Estados Unidos e no Brasil. Em São Paulo, fundou um importante laboratório de biologia celular.

O neto, ainda criança, conta que um dia foi ao laboratório do avô. Tinha 10 anos e toda curiosidade, imaginação e fabulação que uma criança traz consigo. Giuseppe, então, prepara uma substância para que Carlo a observe por meio do microscópio. Ginzburg diz que, no entanto, aquela foi uma experiência traumática, porque, como ele mesmo diz no prólogo de uma conferência: "Não vi nada, absolutamente nada, e me senti então muito frustrado". Por que ele nos narra essa experiência traumática ocorrida em sua infância? Talvez porque algumas questões, depois desse acontecimento, se mantiveram vivas em suas narrativas microscópicas, em suas micro-histórias: como dar visibilidade ao invisível? Como dar a ler o que jamais foi escrito? E ainda (cito-a em italiano): *I casi danno a leggere i casi*? "Caso", em italiano, significa não apenas "caso", "fato", "evento", mas também "acaso". Assim, a pergunta é circular e, em cada volta, lemos um diferimento. Por um lado: os casos dão a ler os acasos? Por outro: os acasos dão a ler os casos? Carlo Ginzburg, desse modo, parece nos colocar diante de uma exigência: ler os rastros, as lacunas que se encontram nesse movimento ambivalente, entre substância e contingência, para que insurgências simbólicas possam vir à luz. Talvez siga os passos de Walter Benjamin e, ainda, talvez esteja em companhia do historiador de arte Aby Warburg, quando ambos nos apontam, cada um em sua força singular de pensamento, que a pré-história é contemporânea à história, inscrevendo-se no presente enquanto "ponto de insurgência", caso nós, leitores e leitoras, consigamos montar séries até então improváveis, a partir de temporalidades heterogêneas. Como se questionava — e ainda nos questiona — o crítico de arte italiano Giovanni Urbani, nos anos 1960: "Qual o sentido da presença do passado no presente?". E ainda: "A única via de acesso ao presente", como nos aponta o filósofo Giorgio Agamben — organizador de *Giovanni Urbani: per una archeologia del presente* —, "é a herança do passado, que viver o próprio presente significa necessariamente saber viver o próprio passado" (Agamben, 2012, p. 12, tradução nossa). Em outras palavras, encontramo-nos mais próximos ao presente à medida que tomamos distância dele. No entanto, tal contraditoriedade (e não contradição) se dá por meio do uso de um futuro do pretérito *assim teria sido*. Nos ensaios de *Anacronismos*, atua-se o jogo das remessas e remissões significantes, pois em cada gesto de escritura há o advento de uma nova partida, de um novo começo, de uma nova enunciação: *da capo*. O que se busca em cada novo começo? Deslizamento de sentidos?

Os gestos, aqui, são movidos por tal ambivalência e são frutos de caminhos desviantes. A filósofa Maria Filomena Molder, na apresentação de *As nuvens e o vaso sagrado*, suas reflexões sobre Kant e Goethe, nos diz que ali "as leituras fazem-se por coagulação, sem plano prévio, de centros de atracção e irradiação que vão largando vestígios, alguns destroços, coisas perdidas que já não serão apanhadas, e enrolam, prendem, como num turbilhão, coisas engendradas por outros centros que se reflectem nos primeiros em correspondências imperfeitas" (Molder, 2014, p. 11). Em outras palavras, colocando-me à escuta de seu apontamento, assim como de cada pensador e pensadora que orbita os ensaios de *Anacronismos*, busco desativar, mesmo que precariamente, a imagem do círculo concêntrico, tão imperioso em sua pretensão de acabamento, portanto, de sistema, para enveredar "a vida do pensamento" (sentimento singular de Antonio Gramsci) por meio das voltas das espirais que resistem à conclusão, à promulgação da "verdade última". Assim, os estudos que compartilho com vocês, leitoras e leitores, por meio destes ensaios, são uma espécie de figuração da vida, sempre transitória, transladada e afetada por outras vidas, uma vez que a verdade ocupa a penúltima posição. Será que podemos figurar outra forma de educação?

Se *educere* significa "conduzir atrás de si", "conduzir pelo caminho certo", ou seja, educação como inscrição de potencialidades já pretensamente dadas e inscritas nos sujeitos, não podemos esquecer que "educere" vive uma relação íntima com *seducere*, quando viceja um passo além, uma relação erótica, um descentramento por meio do outro, uma vida em direção ao aberto. As figuras que entram em cena a cada ensaio não conformam o que supostamente já sabemos *a priori*, uma vez que desejam outra figuração política, outra figuração ética, outra figuração de leitura, em fluxos de mutabilidade. Portanto, figurações anacrônicas. Há, em cada movimento espiralado, uma espécie de arte combinatória (entre anacronismo deliberado e atribuição errônea) e contrária à lógica conformista tão presente em nossos tempos.

E tal arte combinatória nos aponta que não há arquivo sem conflito entre vida e política; em outras palavras, a arte combinatória não se dá sem a presença de uma comunidade que se move por meio da força da disparidade e do dissenso. Portanto, num devir democrático. Como nos aponta o crítico Raul Antelo: "A temporalização do anacronismo significa uma participação temporal na temporalidade ou, em suma, uma hipertemporalização, infinita e potencializada do evento. [...] Aquilo que define o tempo é, pelo contrário, o *com*, é a sua sintaxe ou composição, seu uso, sua política, e não uma hipotética matéria livre ou indeterminada. Essa conclusão, como é óbvio, nos obriga a repensar, mais uma vez, a política do tempo, as alianças anacrônicas do crítico cultural" (Antelo, 2007, p. 59-60).

Em todo começo de partida, as cartas são novamente embaralhadas e compartilhadas, para que por meio de outros espaços e temporalidades possamos alçar voos até então inesperados, para que a fluidez e a metamorfose das nuvens possam voltar a nos tocar.

REFERÊNCIAS

AGAMBEN, Giorgio. Attualità di Giovanni Urbani. *In*: ZANARDI, Bruno. *Giovanni Urbani*: per una archeologia del presente. Scritti sull'arte contemporanea. Apresentação de Giorgio Agamben e Tomaso Montanari. Milão: Skira Editore, 2012, p. 11-21.

ANTELO, Raul. *Tempos de Babel*: anacronismo e destruição. São Paulo: Lumme Editor, 2007.

MOLDER, Maria Filomena. *As nuvens e o vaso sagrado*. Lisboa: Relógio D'Água, 2014.

Cesare Pavese e Furio Jesi: a traduzibilidade da festa mitológica

"Uma poética é apenas uma tradução em termos normativo-conceituais dos fantásticos esquemas que um poeta está convencido de ter à sua disposição. Mas, devido à exigência de reunir toda a cultura de seu tempo, todo poeta consciente presume que sua poética delimita o extremo horizonte fantástico compatível com o conhecimento da época, e, assim, todo contemporâneo tende, por meio da floresta da ignorância e de vários impedimentos práticos, para este mesmo horizonte — em suma, presume que sua fórmula é válida para definir a aspiração de toda a poesia, incluindo a do passado, que, enquanto conhecida, não pode deixar de culminar na cultura atual. Diremos, então, que essa poética reduz qualquer esforço criativo à luta entre a liberdade humana e a fixidez natural mítica. Os 'poemas' são vários graus de redução do comportamento humano ao destino."

[CESARE PAVESE, "A poética do destino", 1950]

O filósofo Maurice Blanchot, no ensaio "Traduzir" — presente no livro *A amizade*, publicado na França, em 1971, e dedicado ao filósofo e amigo Georges Bataille —, anota:

> Sabemos o quanto devemos aos tradutores e ainda mais à tradução? Acredito que não. Mesmo que sintamos gratidão pelos homens que corajosamente entram neste enigma — a

> tarefa de traduzir —, mesmo que os saudemos de longe como os mestres ocultos de nossa cultura, ligados a eles e gentilmente submissos ao seu zelo, nossa gratidão permanece silenciosa, um pouco sustentada, aliás, por humildade, pois não somos capazes de sermos seus reconhecedores (Blanchot, 2010, p. 82, tradução nossa, do italiano).

Nossa gratidão a tradutores e tradutoras, então, não é apaixonadamente expressa, porque ainda vivemos numa época na qual a arte de traduzir é entendida, igual aconteceu por muito tempo em certas culturas, como uma pretensão maligna? Blanchot acrescenta: "Alguns não querem que se traduza para sua língua, outros querem que sua língua seja traduzida, e é necessária a guerra para que esta traição, em sentido estrito, se concretize: entregar ao estrangeiro a verdadeira expressão de um povo" (Blanchot, 2010, p. 82). E poderíamos supor, a partir dessa travessia, que tal pretensão maligna, ou traição, se deve ao fato de louvarmos e consagrarmos o chamado "texto original" como se fosse um Deus intocável? Ou seria por nossa indisposição de reconhecer o estrangeiro que vive, ao mesmo tempo, dentro e fora das fronteiras nas quais circunscrevemos nossa existência? E ainda: negligenciamos e recalcamos o estrangeiro que habita o inconsciente? Se é verdade que nossa luta pelo reconhecimento é sempre em direção ao Outro e a partir do Outro, por que resistimos tanto em romper com os limites que nos são impostos e que, além disso, voluntariamente delineamos para nós mesmos?

Aliás, e se, ao contrário da fronteira, pensássemos na imagem da soleira como espaço de contato e de contágio, não de separação? Será que uma cultura, por meio da tradução, entrega-se ao estrangeiro ao mesmo tempo que é contaminada por ele? Por que o gesto da tradução assumiu o sentido — o maldito sentido — de uma espécie de pretensão maligna? Blanchot, um singular leitor de Walter Benjamin, entende que cada tradutor vive da diversidade de línguas, pois a tradução se baseia nessa diversidade, e é esse seu jogo ambivalente. O filósofo ressalta:

> A obra bem-traduzida é elogiada de duas formas contrastantes: não parece traduzida, diz-se; ou, ao contrário, é de fato a mesma obra, acha-se extraordinariamente idêntica: mas, na primeira situação, a origem da obra é apagada em benefício da nova língua; na segunda, em benefício da obra anula-se a originalidade das duas línguas; em qualquer caso, alguma coisa essencial foi perdida (Blanchot, 2010, p. 69).

Poderíamos acrescentar que, na realidade, a tradução não pretende fazer desaparecer a diferença entre as línguas, porque a traduzibilidade é, antes, seu jogo, sua brincadeira, ou seja, é a própria utopia que busca "ter lugar" na tarefa dos tradutores, e ter lugar significa, entre outros sentidos, tocar os extremos dos corpos, das línguas e da linguagem. O texto dito "original" não é estático, uma vez que é habitado por uma linguagem viva, por uma forma em fluxo de metamorfose contínuo, por uma terrível ambivalência poética, como nos aponta, por exemplo, Paul Valéry em suas criações poéticas. Ou seja: quando lemos um poema, entramos em contato com a linguagem da voz e, ao mesmo tempo, com a voz da linguagem, então saímos dessa experiência perturbadora um tanto atordoados. A tradução, em suma, é uma existência por vir, uma vida *imanente* e uma vida fantasmática. Imanente, porque ocorre na ambivalência entre paragem (*manere*) e passagem (*manare*); fantasmagórica, porque sua vida futura sobrevive na forma informe de existências passadas.

Se tradutores se lançam *radicalmente* nessa lacuna aberta pelo gesto da tradução, então aprendem a viver *radicalmente* entre a vida e a morte, isto é, passam a habitar na lacuna, nos interstícios da vida cambiante, não podendo tomar nem a vida nem a morte como duas coisas absolutas. Portanto, para *viver* essa complexa relação, tradutores e tradutoras aprendem a *habitar a alteridade*, vivem a ambivalência de "hostis" — *hostis* em latim significa não apenas "hóspede", mas também "inimigo" —, ou seja, entram em contato com uma relação singular com a alteridade, quando "o *hostis* — como nos aponta Jacques Derrida — responde à hospitalidade como o espectro se apresenta aos vivos para que não seja esquecido" (Derrida; Dufourmantelle, 2003, p. 8). Em 1987, Derrida publica o labiríntico ensaio "Torres de Babel", presente no livro *Psyché*, no qual arma uma aporia para o pensamento: "A tradução não é imagem nem cópia" (Derrida, 2006, p. 35). Oras, o que vem a ser então?

Assim, a tradução, na perspectiva do filósofo, torna-se necessária e impossível, enquanto efeito de uma luta pela apropriação do nome — ou melhor, o objeto da tradução é sempre um texto a traduzir, como pensa Derrida, ou uma traduzibilidade, como Walter Benjamin elabora em seu famoso ensaio "A tarefa do tradutor", escrito, aliás, como reflexão à sua tradução dos *Tableaux Parisiens*, de Charles Baudelaire. Benjamin não se lança sozinho nessa tarefa reflexiva, pois convoca uma comunidade pensante, para que a travessia não seja uma via, e uma vida, de mão única. Seus companheiros de viagem são Mallarmé, Rudolf Pannwitz, Goethe, Hölderlin, por exemplo, porque eles "ampliaram as fronteiras do alemão". A tese de Benjamin era radical: as traduções não servem a algo, não comunicam algo, mas pretendem uma linguagem comum e oculta, messiânica e pura. Em última análise: a tradução é uma luta.

A luta pela apropriação do nome também impõe limites às teorias da tradução. O mais óbvio, e ainda muito recorrente em nosso tempo, é entender a tradução como uma mera passagem de uma língua a outra, não considerando suficientemente a possibilidade de múltiplas línguas e linguagens estarem envolvidas em um texto. Portanto, como traduzir um texto escrito em várias línguas ao mesmo tempo? Como restaurar o efeito de pluralidade? Não por acaso, Derrida se questiona: "Como traduzir um texto escrito ao mesmo tempo em línguas diferentes? Como 'provocar' o efeito de pluralidade? E, se traduzirmos para vários idiomas ao mesmo tempo, ainda chamaremos isso de tradução?" (Derrida, 2006, p. 20). Ou seja, em qualquer texto pensado e escrito poeticamente e com sua radicalidade, há muitas vozes que sussurram uma linguagem oculta, assim como há toda uma gramática espectrológica em sua forma de viver e de conviver com outros textos, com outras vozes. Acompanhemos, agora, o caso de uma voz singular.

O poeta, romancista e editor Cesare Pavese, grande pensador do gesto da tradução, escreveu *Il mestiere di vivere* em 1946 e nele ressaltou a imensa luta que há no gesto da escrita, como uma espécie de processo de dessubjetivação e subjetivação a um só tempo:

> Tendo escrito algo que o deixa como um rifle disparado, ainda abalado e crestado, esvaziado de tudo e de si mesmo, onde você não apenas descarregou tudo o que sabe sobre si, mas também o que suspeita e supõe, os tremores, os fantasmas, o inconsciente — tendo feito isso com muito esforço e tensão, com cautela de dias, tremores, descobertas repentinas e fracassos, e tornando-se rígido durante toda sua vida nesse ponto, percebendo que tudo isso não é nada, se um sinal humano, uma palavra, uma presença não o acolhe, aquece-o — e morre de frio —, fala com o deserto, sente-se sozinho, noite e dia, como um morto (Pavese, 1975, p. 301, tradução nossa).

Como fazer sobreviverem os fantasmas que habitam uma língua estrangeira? Trazê-lo para a esfera humana, por meio de uma profanação, é a grande tarefa de tradutores que se lançam na loucura da tradução. Porque, afinal de contas, o tradutor é aquele que "se fragmenta para libertar o próximo", como percebeu Italo Calvino, quando escreve uma carta-resposta às duras críticas que Geno Pampaloni dirigiu a Pavese no texto *Povero cuore che sussulti*, em 1951 (a intenção deliberada de Pampaloni era criar polêmicas sobre o suicídio do escritor). Afirma Calvino: "Para você aprender que a vida privada dos escritores não deve ser bisbilhotada, torcendo-lhe o nariz, e sim ter seu testemunho respeitado e estudado, sendo útil a todos; porque o escritor é um homem que se fragmenta para libertar o próximo" (Calvino, 2022, tradução nossa). Fragmentar-se para libertar o próximo: que tarefa demasiadamente humana!, poderíamos dizer em companhia de Nietzsche. O crítico, nas palavras de Calvino, não consegue, tampouco deseja, relacionar o *habitus filológico* ao *habitus crítico* no que diz respeito à obra poética de Pavese, ou seja, a esferas que merecem atenção por sua força mítico-poética. E Calvino sabia que, para se lançar no vórtice mítico-poético de um autor, é necessária uma dose de desejo excepcional, um desejo movente, capaz de traçar caminhos múltiplos entre ética e felicidade.

Cesare Pavese iniciou sua jornada mitológica ainda muito jovem, mas, assim como Benjamin, não realizou essa difícil travessia sozinho. Convoquemos a figura de Furio Jesi — o jovem mitólogo que começou a ler com força diferida a questão do mito nos escritos e na vida de Pavese. Jesi argumenta que a crítica lançada ao universo enigmático do autor de "Os mares do sul" se apresenta "como uma espécie de *work in progress* coletivo heterogêneo, no qual até os monumentos funerários têm seu lugar, mas em cuja complexidade heterogênea devem ter o lugar que a história lhes atribui, sendo precisamente o caminho e a norma que nos permitem mergulhar na crítica enquanto críticos" (Jesi, 2013, p. 118, tradução nossa).

No ensaio "*Cesare Pavese e il mito: dix ans plus tard* (*appunti per una lezione*)" — que corresponde, na verdade, a uma conferência proferida nas Universidades de Lausanne e San Gallo, em 1975 —, Furio Jesi relembra sua experiência no ensino médio, quando leu pela primeira vez, em 1951, o poema "*I mari del Sud*", de Pavese, que havia recém-falecido e ainda não era reconhecido como um "monumento literário" na Itália de então. Segundo ressalta Jesi (2013, p. 119): "Ele não gozava do privilégio da distância, que é um atributo característico dos poetas coroados". O jovem estudante nos conta que teve um sentimento contraditório e essencialmente negativo ao ler o poema. Qual seria a contradição? Ele mesmo responde: "Por um lado, pareceu-me um poema bonito de ler, que nos dá um prazer de ler; por outro lado, deu-me a impressão de um poema escrito por um homem que quer ser um grande poeta, que quer se tornar um grande poeta, mas que talvez não o seja" (Jesi, 2013, p. 119). Para além da sensação negativa, o autor acrescenta os termos da contradição: "O contraste entre a musicalidade dos versos, solenes, entre o épico e o lírico, e seu conteúdo, que me parecia aquém da forma em nosso mundo, e não no mundo dos grandes poetas, me provocava um sentimento de cansaço, como uma coisa desarmoniosa e forçada" (Jesi, 2013, p. 119-120). E comenta, ainda, algo de extrema importância para que possamos sentir a força poética e arcaico-contemporânea de seu pensamento: "Na poesia de Pavese também encontrei, como contrastantes, coisas cotidianas, não suficientemente lendárias nem remotas: o primo emigrante que retorna, o posto de gasolina, os selos postais colecionáveis" (Jesi, 2013, p. 120). Ou seja, a impressão contraditória — ou melhor, ambivalente, já que um termo da relação não anula o outro — destacada por Jesi é fruto de um longo e exaustivo percurso de estudos a respeito de mitologias e de mitologemas. Porém, é uma mitologia singular, ou uma transfiguração mitológica, que põe em questão o choque entre passado e presente, reciprocamente, pois o material mitológico que vem do passado não apenas atua no presente, modificando-o, mas também o próprio presente provoca uma mutação no passado. Pavese, sobretudo, não ignora a força da imanência que existe na natureza, e como acrescenta Jesi (2013, p. 121-122): "O contraste entre a convicção que Pavese tinha para reencontrar, no repertório das imagens mitológicas, um léxico poético imanente na natureza e a escolha deliberada que fez de utilizar esse léxico de uma forma ou de outra. Explico-me melhor. Pavese acreditava no valor dos mitos como um sistema de relações existentes na natureza". Porém, o que emerge do passado não é um retorno do mesmo de sempre, mas do *mútuo,* pois na tarefa da tradução mitológica há uma profunda imersão no que poderíamos chamar, com Walter Benjamin, de traduzibilidade, isto é, um rastro do passado que sobrevive no tempo presente e pode ser capaz de provocar uma transformação não apenas no presente, mas também no passado, enquanto leitura diferida e a contrapelo. Furio Jesi sempre esteve atento à tarefa de tradução, quando, por exemplo, discutiu em muitos escritos a máquina mitológica: "As imagens mitológicas podem ser alteradas, traduzidas de centenas maneiras" (Jesi, 2013, p. 123). De forma diferida, o jovem historiador estava lendo a provocação de Jorge Luis Borges, quando nos apontava que o mito se encontra no início e no fim da literatura.

E o tradutor imerso na tarefa da tradução mitológica sabe que não há tradução sem perdas; sabe que o gesto dc traduzir é um *trabalho de luto* contínuo e mútuo. Há, portanto, uma espécie de aporia em tal função. Jesi parecia ter consciência de que acessar os mitos não significa necessariamente acessar uma experiência coletiva do mito:

> Ao mesmo tempo que acreditava na existência, na natureza de um sistema de relações — que era um sistema lexical, um vocabulário — entre imagens mitológicas, Pavese também acreditava na impossibilidade de o homem moderno acessar uma experiência coletiva do mito. O que isto significa? Significa que, para esse poeta, os homens modernos não são mais capazes de experimentar, todos juntos, intimamente e com a totalidade de seu ser, a veracidade objetiva e imanente, na natureza, do vocabulário da natureza (Jesi, 2013, p. 124-125).

Em outras palavras, tarefa verdadeiramente árdua e difícil, segundo Jesi: "Por um lado, antes mesmo de falar da natureza, o poeta, para ser poeta, deve falar com a natureza, na linguagem da natureza que é a do mito". Ou seja, essa atividade requer de nós um mergulho na tradição para que possamos, por um lado, provocar nela uma ruptura e, assim, traduzi-la e transferi-la por meio de outras imagens mitológicas, "mas, por outro, o poeta, ao falar com a natureza, isola-se da comunidade dos homens". Daí que Jesi chega à conclusão, embatendo-se diante da aporia: "Não há escapatória. Ou melhor, a única saída é a aceitação de um mito o mais despojado de imagens: o do sacrifício. [...] É o único mito no qual o indivíduo pode ficar sozinho em sua relação com a linguagem dos mitos" (Jesi, 2013, p. 125-126).

Nas décadas de 1930 e 1940, Cesare Pavese vivenciou um processo de mutação antropológica e literária extremamente importante, sobretudo quando começa a ler, a contrapelo, sua própria cultura por meio da cultura anglo-americana. Numa carta escrita em 7 de fevereiro de 1953 e enviada a Robert A. Giannoni (um estudante de letras da Universidade de Montpellier), Italo Calvino apresenta um resumo da maneira como Pavese lidava com a política de sua época: "A posição de Pavese diante da política apresenta uma singularidade característica: de extremo rigor com o presente e extremo distanciamento dele. O autor foi formado no ambiente dos mais intransigentes intelectuais antifascistas de Turim, que se agruparam em torno da revista *La Cultura* e da editora Einaudi" (Calvino, 2022, p. 75, tradução nossa). Portanto, Pavese se colocava um desafio: para ler o presente com maior acuidade, era necessário tomar distância, o que não significa apartar-se dele, mas mobilizá-lo por meio de outras temporalidades.

Após a Libertação, em 25 de abril de 1945, Pavese ingressou no Partido Comunista italiano, decisão manifestada em alguns de seus ensaios. Sua tomada de decisão, no entanto, não provocou uma mudança de atitude no que se refere a uma ação política partidária. Em 1950, aceitou o convite para fazer parte da redação da revista *Cultura e Realtà* e ali publicou o escrito "Il mito", no qual lemos logo no início: "Confrontamo-nos com o verdadeiro mito cada vez que voltamos ao início de uma época de poesia" (Pavese, 1962, p. 294, tradução nossa). E ao final do texto: "Mas não se deve acreditar que esta experiência do mito seja em si um privilégio dos poetas e, num grau mais distante, dos pensadores. É um bem universalmente humano, é a religião que sobrevive até nos corações mais desolados ou mesquinhos, que ficariam muito surpresos se alguém lhes explicasse que dentro deles há uma semente que pode se tornar uma fábula. É — precisa ser dito? — a condição em que se baseia a universalidade e a necessidade da poesia" (Pavese, 1962, p. 299).

Pavese, em outro escrito, chamado "Del mito, del simbolo e d'altro", em *Feria d'agosto*, publicado em 1946, entende que: "Um mito é sempre simbólico e por isso nunca tem um significado unívoco, podendo se manifestar nas mais diferentes e múltiplas florações. [...] É um evento único, absoluto; um concentrado de potência vital de outras esferas que não a nossa cotidiana" (Pavese, 1962, p. 258). Sua definição de mito pode ir desde a personificação de uma realidade indescritível até uma concentração de potência presente em uma esfera da vida cotidiana. Para o autor, o problema, em outras palavras, é saber como o mito se transfigura na arte narrativa. Nesse sentido, o escritor buscará aprofundar seus estudos de antropologia, religião e psicologia, por exemplo, para que possa continuar investigando a relação com múltiplas mitologias, mitologias do passado e, ao mesmo tempo, do presente. Seu trabalho como editor será de fundamental relevância nesse período, quando ele continua aprofundando os estudos mitológicos, agora na companhia de outros saberes e pensadores.

Em 1947, Cesare Pavese e Ernesto de Martino fundaram na editora Einaudi a Coleção de Estudos Religiosos, Etnológicos e Psicológicos, cujo objetivo declarado era ampliar os estudos de autores como Lévy-Bruhl, Malinowski, Propp, Frobenius e Jung. No mesmo ano, criaram a coleção Os Corais, que, também editada por Pavese, ocupou o lugar da anterior, Narradores Contemporâneos. Nela, foram publicados muitos livros de escritores anglo-americanos. Cesare Pavese encontrou, nesse momento, uma forma de vincular sua paixão pelo mundo simbólico-mitológico arcaico aos estudos de autores contemporâneos, visto que, como bem percebeu sua amiga Natalia Ginzburg em "Retrato de um amigo", no livro *As pequenas virtudes*: "Nosso amigo vivia na cidade como um adolescente: e até o final viveu assim. Seus dias eram longuíssimos, como os dos adolescentes, e cheios de tempo; sabia achar espaço para estudar e escrever, para ganhar a vida e para vadiar nas ruas que adorava" (Ginzburg, 2015, p. 27). Conforme podemos perceber, o que está em jogo é a questão da experiência, isto é, da experiência tal como pensada por Walter Benjamin, quando a transmissão de experiências é de vital importância para a figuração da vida em comunidade.

Por esse motivo, o crítico Giovanni Venturi, atento aos percursos desviantes de Cesare Pavese, não deixará de perceber que seu "caminho não teria sido possível sem o encontro com os americanos, para chegar à poética do mito" (Venturi, 1977, p. 55, tradução nossa) — ou seja: rumo à poética do mito da América, rumo ao presente imbuído de passados mitológicos. Porém, mais uma vez sua jornada não é solitária, pois no imediato pós-guerra ele terá como companheiros Emilio Cecchi, crítico de literatura e arte, e Elio Vittorini, escritor. Aos jovens que acompanharam o nascimento e o desenvolvimento do fascismo, nas palavras de Venturi: "A América parecia a terra prometida. É por isso que, na América, Vittorini encontrou o caminho para exaltar de forma vitalista o progresso como um ato de liberdade; é por isso que, na América, Pavese sempre pôde encontrar a si mesmo e a todas as soluções para os problemas que eram urgentes na cultura italiana, inclusive a questão da língua" (Venturi, 1977, p. 58). Seria possível acrescentar que, na América, Pavese pôde encontrar o estrangeiro que o habitava, com seus sonhos, medos e frustrações.

Portanto, o contato e o contágio com tempos muito distantes e presentes fizeram com que esse poeta travasse uma enorme luta com a dura realidade da vida contemporânea de então. Uma das formas de enfrentar a realidade da existência foi, como força de experiência, refletir sobre a relação não apenas estilística, mas também político-antropológica entre dialetos e língua nacional, por via da tarefa da tradução. Para compreender a língua italiana que se impunha cada vez mais como idioma oficial em detrimento dos dialetos, Cesare Pavese parecia ter consciência de que não bastava colocar em operação o dialeto pelo dialeto, pois "o ponto central será, portanto, o enxerto do dialeto na língua oficial" (Venturi, 1977, p. 60), provocando uma ruptura no bloco monolíngue imposto pelo fascismo de Mussolini nas primeiras décadas do século XX. E, conforme escreveu o próprio Pavese (1962, p. 26): "Sem províncias, a literatura não tem espinha dorsal".

A literatura anglo-americana serve à poética mito-simbólica de Pavese como uma espécie de "documentos filológicos", aqueles permeados por novos mitos e novas formas de experiências literárias e políticas, que provocam uma *transfiguração* da realidade e na realidade, isto é, uma traduzibilidade. No entanto, segundo Mauro Ponzi na introdução de *La critica e Pavese*:

> Recuperar o sonho americano do New Deal e transportá-lo para o Piemonte durante a era fascista pretendia ser uma alternativa, ainda mais ideal e ideológica do que política, *stricto sensu*, ao regime. [...] Pavese, com Vittorini e o grupo de Turim, representa uma das poucas tentativas, por volta da década de 1930, de romper com o isolamento em que caíra a literatura italiana, para tirá-la do *impasse* hermético ou do delírio estético-decadente de Gabriele d'Annunzio. O americanismo de Pavese (e de Vittorini) consiste em repropor na Itália (não só com traduções) o grande sonho americano, o estilo, os ideais e, se quisermos, a utopia do grande país (Ponzi, 1977, p. 8, tradução nossa).

Diante da tanatopolítica do nazifascismo vigente nesses anos, Cesare Pavese decidiu então viver a bordo dos dias na província dos campos piemonteses, sua querida Langhe, quase como se alimentasse um culto ao provincianismo em busca de uma utopia desesperada, como quem vive radicalmente as aventuras míticas nas grandes colinas, porque nesta geografia residem tanto os símbolos quanto os mitos das festas antigas, que se mostram ao escritor como uma intuição moral. Porém, o sacrifício em jogo não conduz ninguém à salvação, mas se torna, por outro lado, o fundamento da própria ação. Conforme escreveu Furio Jesi, em 1966, no texto "*Cesare Pavese dal mito della festa al mito del sacrifício*":

> Se a verdadeira festa era o ato criativo, por excelência, a perda da festa representava um obstáculo à criação que só poderia ser superado pela fé na íntima relação entre mito e moral, que propunha o sacrifício como horizonte e fundamento da ação e seu equivalente para um artista: a criação. E o lugar e o tema da criação deviam ser necessariamente os do tempo presente, não suscetível à verdadeira festa; a festa, de fato, teria permitido que as realidades pairando sobre a vida cotidiana se transformassem na própria matéria do mito: na ausência da festa, o artista sentia a obrigação moral de provocar, ele mesmo, essa transformação na única forma agora permitida, isto é, superando a nostalgia e agindo, criando, narrando os acontecimentos de hoje, para que, por meio de seu compromisso moral, o hoje, privado de festa, voltasse a ser o lugar e o tempo do mito (Jesi, 1968, p. 167-168, tradução nossa).

Viver a festa como um ato criativo, no presente, requer um estudo aprofundado do "mito arcaico" em contraste com o "mito americano". A estudiosa Maria Stella, em seu instigante estudo *Cesare Pavese: traduttore*, publicado em 1977, não por acaso ressalta que a América do pós-guerra, das décadas de 1920 a 1930, não se refere apenas a um autor, mas também a um contexto histórico contemporâneo, pois:

> Partir dos contemporâneos é, portanto, uma necessidade interna e metodológica que surge (ao mesmo tempo frustrada) de uma situação histórica precisa: a América é vista nesses anos como uma alternativa mítica à cultura cinzenta da literatura italiana, já fixada em fórmulas vazias e repetitivas da retórica fascista (Stella, 1977, p. 23, tradução nossa).

A América contemporânea para Cesare Pavese, na concepção da estudiosa, é uma experiência artística e humana. De um lado, "contemporaneidade também significa dificuldade, tanto em encontrar materiais para a pesquisa como em assimilar conteúdos; e traz questões problemáticas na tomada de consciência histórica e política" (Stella, 1977, p. 23-24). Ou seja, o caminho é de ida e volta, porque, segundo o próprio Pavese, em 18 de fevereiro de 1950, nos diários de *Il mestiere di vivere*: "A cultura deve partir do contemporâneo e do documentário, do *real*, para chegar, se necessário, aos clássicos" (Pavese, 1975, p. 369, tradução nossa). No caso do autor de *Diálogos com Leucò*, o contemporâneo não existe sem a presença do arcaico, sem a presença do passado no presente, como nos apontava o crítico Giovanni Urbani.

Durante seu período universitário, Cesare Pavese começou a ler Sherwood Anderson, Sinclair Lewis e Walt Whitman. Sobre Whitman, escreveu uma monografia em 1930. Em 29 de novembro de 1929, enviou uma carta ao músico americano (de origem piemontesa) Antonio Chiuminatto, com quem manteve um diálogo muito intenso, conforme lemos em sua correspondência. Os dois se conheceram em Turim por volta de 1926-1927, e com esse amigo o escritor aprendeu as diferenças de pronúncia da língua inglesa em relação à norte-americana, focando seu interesse especialmente nas singularidades do *slang* americano, já que, acrescenta Chiuminatto: "Naquele período não havia dicionário de gírias, então em nossas reuniões ele me trazia uma lista delas, e eu explicava uma de cada vez, até encontrarmos um equivalente em italiano" (Pavese, 1966, p. 159). Pavese, por sua vez, demonstrava ao amigo sua paixão pelo estudo das coisas da América:

> Creio que você lembre com quanta paixão admirei e estudei as coisas da América no ano passado, e essa paixão continuou a crescer. Você também sabe que aqui na Itália é quase impossível encontrar qualquer coisa americana, caso se procure [...]. Mal consegui encontrar algum material de

> que precisava para minha monografia de graduação sobre Walt Whitman. (Você não sabe, mas serei o primeiro italiano a falar longa e criticamente sobre ele. Perdoe-me, quase serei eu quem o revelará à Itália!) (Pavese, 1966, p. 159).

"O primeiro italiano a falar dele longa e criticamente", ou seja, o escritor que mergulha fundo no mito americano para defender, à sua maneira, a liberdade. Davide Lajolo, em *Il vizio assurdo* — uma biografia sobre Pavese —, considera a atividade tradutória do escritor de extrema importância, porque "a contribuição que Pavese dá como tradutor não toca apenas o campo literário e cultural, mas também o político. Com estas traduções Pavese dá a medida de quão grande é seu desejo de liberdade, sua necessidade de romper com a retórica nacionalista e abrir novos horizontes culturais e sociais para si e para os outros, tornando-se capaz de mover as velhas e novas incrustações que haviam *fossilizado* a sociedade italiana" (Lajolo, 1960, p. 161, tradução nossa).

É importante sublinhar que "Sobre a interpretação da poesia de Walt Whitman", a monografia de Pavese apresentada em 1930, foi rejeitada pelo seu orientador, Federico Oliviero, que a considerou muito ligada à estética de Benedetto Croce, cuja fundamentação liberal representava um ataque à ideologia fascista. Em seguida, o estudo foi aceito pelo professor de literatura francesa Ferdinando Neri, com a ajuda de Leone Ginzburg. Pavese, porém, sentiu-se forçado a retirar do material suas traduções dos poemas de Whitman, que permaneceram inéditas por quase um século. Apesar disso, jamais abandonou um de seus *mestieri di vivere*, ou seja, a tarefa da tradução, cada vez mais acompanhada pela tarefa de crítico literário. Em 1930, chegou a publicar novamente, na revista *La Cultura*, uma série de artigos dedicados aos escritores estudados e traduzidos em sua adolescência. E, como qualquer bom aluno, começou a formar e transformar seu arquivo de literatura inglesa e norte-americana, contando com a colaboração, por exemplo, de um bibliotecário de Roma, conforme lemos numa carta de 1929:

> Caríssimo doutor,
>
> Estou muito grato por sua amável resposta a uma indicação bibliográfica sobre W. Whitman. Graças à sua preciosa ajuda, poderei guiar-me com maior segurança no campo ainda inculto da crítica whitmaniana. [...] Gostaria de saber, a título informativo, quais das seguintes obras a Biblioteca Americana possui, quase todas elas, como sempre, indisponíveis na Itália e muito caras para importá-las da América (Pavese, 1966, p. 161).

O trabalho como tradutor era muito mal pago à época — e ainda em nossos tempos —, por isso Pavese passou a ensinar inglês em várias escolas, uma língua, por assim dizer, jamais aprendida *in loco*, nem na América nem na Inglaterra. Em 1931, sua primeira tradução do romance *Il nostro Signor Wrenn*, de Sinclair Lewis, primeiro autor norte-americano a receber o prêmio Nobel, foi publicada em Florença pela editora Bemporad. Nesse período, Pavese começa a tomar consciência da desvalorização do trabalho dos tradutores por parte das editoras italianas, sobretudo quando recebeu honorários de mil liras pela tradução de *Moby Dick*, de Hermann Melville. Em outra carta a Antonio Chiuminatto, de 1931, anota:

> Caro Tony,
>
> sua carta foi um oásis no deserto desses dias quentes. [...] Não posso perguntar imediatamente à Mila o que significa aquela fatura [...]. Porém, acredito que é assim que as coisas são [...]. Você não precisa se preocupar com isso: protestarei e pagarei o que tiver que ser pago, e você continuará lendo as coisas de nosso Don Juan. Que, aliás, tem um comportamento muito pouco decente [...]. Então você está se agitando em relação a Melville, hein? Você não é o único, você não é o único, os editores italianos também estão agitando alguma coisa, mas tenho uma queda por ele e se isso me custar a cabeça, quero continuar. Acho *Moby Dick* uma

obra extraordinária, entre outras coisas, mas fique animado, não quero sobrecarregá-lo com uma palestra improvisada sobre a personalidade do autor (Pavese, 1966, p. 301).

O crítico Dominique Fernandez, em *Il mito dell'America negli intellettuali italiani dal 1930 al 1950*, ressalta os baixos valores econômicos oferecidos aos tradutores: "Artigos e traduções são ridiculamente mal pagos e com muito atraso. Pavese teve que reclamar mais de uma vez... Pela tradução de *Our Mr. Wrenn* recebeu 1.500 liras, em 1931. Em 1932, traduziu *Moby Dick* e recebeu apenas 1.000 liras: ou seja, quase nada" (Fernandez, 1969, p. 11, tradução nossa). E essa desvalorização do trabalho de Pavese ocorre à revelia de sua atividade como estudioso, crítico, poeta, editor e tradutor da admirável obra de Melville, publicada na Itália em 1932, enquanto a tradução francesa só seria publicada em 1941. De qualquer forma, Pavese passou a publicar suas traduções nas principais editoras italianas — Mondadori, Bompiani, Bemporad e Einaudi, por exemplo.

Como testemunho de sua paixão pelas obras dos escritores anglo-americanos, a carta enviada à editora Bemporad, em 12 de março de 1930, é exemplar, pois marca uma fase especial de sua atividade como tradutor. Seu trabalho, dessa vez, não será negligenciado pelo editor Giulio Einaudi — tanto que, em 1º de maio de 1938, Pavese se tornou oficialmente editor da Einaudi, onde realizou diversos projetos editoriais de tradução. Em seguida, assumiu a direção da revista *La Cultura* e depois passou a dirigir as redações da editora Einaudi, em Roma e Turim, ao passo que Elio Vittorini, por sua vez, dirigia a sede em Milão.

Nesses anos, Cesare Pavese trabalhou em algumas coleções da Einaudi, como a Narradores Estrangeiros Traduzidos, a partir de 1938, na companhia de Massimo Mila e Natalia Ginzburg. Nela, foram publicadas traduções de obras estrangeiras já de muito prestígio. Depois ele trabalhou nos primeiros volumes da famosa coleção Os Milênios, em 1947, na qual autores clássicos foram apresentados aos leitores italianos pela primeira vez, em edições com aparato crítico e ilustrações, traduzidas por intelectuais como Elio Vittorini, Giulio Bollati e Paulo Fossa. De 1947 a 1956, Pavese e Ernesto de Martino editam a coleção Violeta, conforme já destacado anteriormente — nela, foram publicados escritos sobre psicanálise, etnologia e antropologia. Ou seja, Pavese passou a fazer parte de uma comunidade muito pequena de editores que também são escritores (caso de Italo Calvino, Elio Vittorini e Natalia Ginzburg), para quem a profissão editorial jamais se apartou da de escritor, conforme evidenciam os materiais de arquivo com suas cartas editoriais. Elas nos transmitem as formações, as críticas aos manuscritos de jovens escritores e, ao mesmo tempo, as poéticas do autor.

O trabalho editorial de Calvino — "dediquei o máximo de tempo da minha vida aos livros dos outros, não aos meus", confessou ele, numa entrevista de 1979 — é testemunhado em *I libri degli altri: lettere 1947-1981*, e o de Cesare Pavese em *Officina Einaudi: lettere editoriali 1940-1950*, publicados aos cuidados, respectivamente, de Lorenzo Mondo e Italo Calvino. No entanto, no que diz respeito ao trabalho editorial de Natalia Ginzburg, pós-Segunda Guerra Mundial, ainda não havia uma obra de referência e, nesse sentido, vale muito a pena ler o livro *«Con assoluta sincerità»: il lavoro editoriale di Natalia Ginzburg (1943-1952)*, de Giulia Bassi — pesquisadora do Centro Franco Fortini —, publicado em 2023. Sua pesquisa se baseou em documentos do Arquivo Einaudi, de Turim, e do Arquivo do Século XX, da Sapienza, em Roma, e nos oferece uma série de elementos importantes a serem observados e discutidos sobre a relação entre Pavese e a escritora nesse período. Como lemos numa passagem importante do estudo:

> As cartas editoriais e os pareceres de leitura de Natalia Ginzburg são verdadeiras oficinas para sua escrita, e negligenciar isso deixaria no mínimo uma zona cinzenta na análise de sua poética. Mas, em comparação com seus colegas homens, seu caso exige uma investigação diferente dos materiais, uma

> vez que envolve aspectos que não ocorrem para nenhum dos literatos editores e considerando que são específicos da experiência de trabalho de Ginzburg. Sua correspondência, por exemplo, também deve ser investigada levando-se em conta o estilo editorial das cartas, enquanto ferramenta de afirmação de sua autoridade num contexto quase exclusivamente masculino. Assim como opta por distanciar ao máximo sua narrativa da escrita "cafona e sentimental" (defeitos considerados "femininos", que, portanto, teriam desacreditado sua produção num contexto no qual a palavra "escritora" já se referia a "romancezinhos cor-de-rosa"), até mesmo em seu trabalho editorial Ginzburg escolhe adotar um estilo tão radical e despojado, que assume traços de aspereza, severidade e laconismo, precisamente para privar seu modo de intervenção de qualquer aspecto que a relegasse a um estereótipo de gênero, destituindo sua autoridade. Um risco fácil neste contexto: pensemos, por exemplo, em sua mudança para Turim e na conhecida carta de apresentação enviada por Cesare Pavese a Massimo Mila. Embora Pavese atribua a Natalia Ginzburg a responsabilidade de "fazer tudo em relação a tudo" no lugar de Mila, como diretor da sede, na verdade, ele também acrescenta em tom de brincadeira que sua presença trará "finalmente uma doce nota de feminilidade àquela atmosfera rude da Rua Re Umberto, que as mocinhas ainda não foram capazes de dissipar". Pavese se refere às mulheres que trabalhavam nos escritórios da Einaudi, como secretárias, datilógrafas ou funcionárias: funções evidentemente consideradas de menor prestígio que as da redação, as quais, com exceção de Natalia Ginzburg, nesse período eram ocupadas apenas por homens (Bassi, 2023, p. 16, tradução nossa).

Em 1949, Natalia Ginzburg foi indicada a consultora das coleções Narradores Estrangeiros Traduzidos, Os Corais e Os Supercorais, e, conforme nos informa Bassi (2023, p. 19), "grande parte dos manuscritos narrativos desse período passa por sua avaliação". Testemunho dessa transferência de cargo é a frase inequívoca que

Pavese escreveu a Muscetta, em agosto de 1948: "Só Natalia é responsável pela narrativa", acrescentando logo a seguir: "Seu papel foi definido no verão de 1945, quando, no memorando da administração que resume as responsabilidades editoriais, está assinalado 'Pavese e Vittorini consulentes, Natalia vice-consulente' das coleções Poetas, Narradores Contemporâneos, Gigantes e Narradores Estrangeiros Traduzidos" (Bassi, 2023, p. 44). Alguns anos antes, em 1945, a escritora já se mudara para Turim e na sede turinense da Einaudi não só pôs em prática a "faturação dos livros", mas também conseguiu afirmar a posição de Pavese relativamente à defesa da "piemontosità" da editora das "intrusões lombardas". Além disso, quando Ginzburg lia e avaliava um manuscrito, sua atenção estava voltada para a forma como os escritores "contam a realidade".

Pavese, portanto, tinha grande confiança no trabalho da amiga e a admirava mesmo quando não concordavam, pois Natalia era muito precisa em suas análises agudas, quando rejeitava, por exemplo, a maior parte das propostas a partir de sua profunda experiência seja no campo da escrita ficcional, seja na área da tradução — tanto é que conseguiu criar uma forte rede de tradutores ligados aos objetivos da editora. Ou seja, a presença de Ginzburg foi ficando cada vez mais decisiva na Einaudi, porque, conforme declarou o próprio Pavese a Carlo Muscetta, em 26 de agosto de 1948: "De agora em diante você está avisado: só a Natalia ficará responsável pela área de ficção" (Pavese, 2008, p. 444, tradução nossa). Poucos meses depois, em 5 de outubro de 1948, ele escreveu a Elio Vittorini uma carta na qual reafirmava sua posição: "A única coleção que ainda me interessa é a etnológica, e respondo sistematicamente aos narradores e poetas postulantes que o que decide Natalia e, se necessário, Vittorini, está bom para mim. [...] Reviso manuscritos, corrijo provas... enfim, faço livros, mas não tenho mais tempo de lê-los. Também por isso, gostaria que vocês dois (Natalia e você) assumissem definitivamente toda a responsabilidade em relação às publicações em geral e às ensaísticas" (Pavese, 2008, p. 452-453). Além de farto de lorotas,

Pavese estava consciente de que não poderia, de forma alguma, negligenciar a habilidade da escritora que assumiu plenamente o papel de uma ótima editora. Num trecho de seu *Breviario di uno scrittore* (1964), Natalia Ginzburg coloca no centro da discussão a importância da pesquisa e do estudo:

> O escritor jamais pode esquecer a demanda. Isso deve estar no centro de seu trabalho. O escritor tem dentro de si uma multidão de interlocutores invisíveis, uma multidão indistinta e composta, entre os quais estão rostos de amigos, rostos de estranhos, rostos de familiares, rostos de mortos. A relação com esta multidão obscura, indistinta, silenciosa e vigilante dentro dele está no centro de seu trabalho (Ginzburg, 2017, p. 173, tradução nossa).

Em outras palavras, preocupações não muito distantes das angústias do jovem estudante Pavese, quando começou a dedicar-se apaixonadamente à tradução da literatura anglo-americana: o *pathos filológico* que sempre carregou consigo em sua escrita de romancista, poeta, crítico, tradutor e editor. Como ele próprio expressou numa carta a Bompiani, em 15 de janeiro de 1940: "Para traduzir bem, é preciso apaixonar-se pelo material verbal de uma obra e senti-lo renascer em sua própria língua com a urgência de uma segunda criação. Caso contrário, é um trabalho mecânico que qualquer um pode fazer" (Pavese, 1966, p. 554).

Voltemos ao mito americano, ao amor filológico de Pavese pelos narradores que tentavam pôr em cena, na sua escrita, uma força ambivalente, entre presente e passado, da presença do passado no presente, como forma de investigar a vida humana, a condição humana. Ou, conforme escreveu Pavese sobre a tarefa de traduzir *Moby Dick*: "Traduzir *Moby Dick* é colocar-se no fluir dos tempos".

Em 1932, com apenas 24 anos, ele expressou seu desejo de enfrentar o monolinguismo da ideologia fascista e, para isso, se dispôs à escuta de uma poderosa voz multilíngue vinda da imensidão do oceano. Essa voz, porém, é um corpo, e todo corpo é habitado por muitas outras vozes. Em *Moby Dick*, de Herman Melville, em seu baleeiro o capitão Ahab percebe, enquanto persegue a baleia depois de muitas tempestades, que ela é uma transcendência metafísica. Toma consciência de que, se Deus fosse um animal, seria a baleia. A própria baleia não sabe disso, porém emite uma voz poderosa. Cesare Pavese segue em busca não só de uma voz, mas também de um corpo composto por diversas vozes. Contra o mito fascista da unidade totalizante, Pavese busca o contato e o contágio com diversas mitologias. A contradição observada por Furio Jesi sempre esteve no centro de seus escritos, mesmo que partindo das sombras, até o fim de sua vida. Pavese parecia compreender que o provincialismo da literatura italiana de então, com diversidades culturais e linguísticas que o regime fascista queria encerrar numa jaula, talvez pudesse reativar a festa perdida, inoperando os centros de poder caso fosse reatualizado a partir da tensa relação e do choque entre mitos arcaicos e modernos. E no gesto contido na tarefa da tradução um novo processo de ritualização dá voz ao estrangeiro, colocando-se à escuta do estrangeiro, rompendo com as fronteiras geográficas, políticas e culturais pretensamente determinadas pelo poder. Entra em cena um aprendizado: saber habitar as soleiras. Cesare Pavese travou, em outras palavras, uma luta contra o Leviatã e seu afã de terror, pois desejava um retorno ao ser humano.

> O mito é o que acontece/reacontece infinitas vezes no mundo sublunar e, no entanto, é único, fora do tempo, do mesmo modo que uma festa recorrente acontece, a cada momento, como se fosse a primeira, num tempo que é o da festa, do atemporal, do mito (Pavese, 1966, p. 294).

Eis o *punctum*: a tarefa da tradução atua o célebre *da capo*, para que possamos encontrar novos caminhos, caminhos desviantes, outras derivas para o retorno ao ser humano. Um gesto singular de traduzibilidade.

REFERÊNCIAS

BASSI, Giulia. *«Con assoluta sincerità»*: il lavoro editoriale di Natalia Ginzburg (1943-1952). Firenze: Firenze University Press; Siena: USiena Press, 2023.

BLANCHOT, Maurice. Tradurre. *In*: *L'amicizia*. Tradução de Riccardo Panattoni e Gianluca Solla. Gênova/Milão: Casa Editrice Marietti, 2010.

CALVINO, Italo. *I libri degli altri*: lettere 1947-1981. Organização de Giovanni Tesio. Milão: Mondadori, 2022.

DERRIDA, Jacques. *Torres de Babel*. Tradução de Junia Barreto. Belo Horizonte: Editora UFMG, 2006.

DERRIDA, Jacques; DUFOURMANTELLE, Anne. *Anne Dufourmantelle convida Jacques Derrida a falar da hospitalidade*. Tradução de Antonio Romane. São Paulo: Escuta, 2003.

FERNANDEZ, Dominique. *Il mito dell'America negli intellettuali italiani dal 1930 al 1950*. Palermo: Sciascia, 1969.

GINZBURG, Natalia. *As pequenas virtudes*. Tradução de Maurício Santana Dias. São Paulo: Cosac Naify, 2015.

GINZBURG, Natalia. *Breviario di uno scrittore*. Scritti, lettere e pareri editoriali (1944-1966). *In*: GRIGNANI, Maria Antonietta; SCARPA, Domenico (org.). *Autografo*, Pavia, n. 58, 2017. p. 167-198.

JESI, Furio. Cesare Pavese dal mito della festa al mito del sacrificio. *In*: JESI, Furio. *Letteratura e mito*. Turim: Giulio Einaudi Editore, 1968.

JESI, Furio. Cesare Pavese e il mito: dix ans plus tard (appunti per una lezione). *In*: JESI, Furio. *Il tempo della festa*. Organização de Andrea Cavalletti. Roma: Nottetempo, 2013.

LAJOLO, Davide. *Il vizio assurdo*. Milão: Il Saggiatore, 1960.

PAVESE, Cesare. *Il mestiere di vivere (Diario 1935-1950).* Turim: Edizione Euroclub Italia, 1975.

PAVESE, Cesare. *Lettere 1924-1944.* Turim: Giulio Einaudi Editore, 1966.

PAVESE, Cesare. *Letteratura americana e altri saggi.* Turim: Einaudi, 1962.

PAVESE, Cesare. *Officina Einaudi*: lettere editoriali 1940-1950. Turim: Einaudi, 2008.

PONZI, Mauro. *La critica e Pavese.* Bolonha: Cappelli, 1977.

STELLA, Maria. *Cesare Pavese: traduttore.* Roma: Bulzoni Editore, 1977.

VENTURI, Giovanni. Il mito americano. *In*: PONZI, Mauro. *La critica e Pavese.* Bologna: Cappelli, 1977.

Leonardo da Vinci: pintor-filósofo

> *"Aristóteles, no terceiro livro da Ética: o homem é digno de louvor e de desonra somente nas coisas que estão em sua potência de fazer e de não fazer."*
>
> [LEONARDO DA VINCI]

Em 1984, Italo Calvino foi oficialmente convidado a fazer parte de um dos ciclos das Charles Eliot Norton Poetry Lectures, na Universidade de Harvard, em Cambridge; tratava-se de uma série de seis conferências. Tais leituras tiveram início em 1926: e escritores e artistas como T. S. Eliot, Igor Stravinsky, Jorge Luis Borges, Pedro Henríquez Mureña, Octavio Paz, Agnès Varda, Erwin Panofsky, Helen Gardner e John Cage participaram das leituras. Antes de partir para os EUA, Calvino já havia preparado cinco das seis conferências, no entanto a última jamais se realizaria, conforme sabemos. A sexta abordaria a relação entre "consistência/coerência", tendo como ponto de insurgência o *Bartleby*, de Herman Melville. As cinco conferências proferidas foram, posteriormente, reunidas pela esposa de Calvino, Esther, e publicadas em *Seis propostas para o próximo milênio: lições americanas* (no original: *Lezioni americane: sei proposte per il prossimo millennio).* Ela relembra que, no último dia de verão da vida do marido, o amigo Pietro Citati, que o visitava com certa frequência, fez novamente a pergunta: "Então, como vão as lições americanas?". O título "lezioni americane" foi então adotado por Esther, como ela mesma declara no prefácio à primeira edição:

> Calvino preferia dar uma certa uniformidade aos títulos de seus livros em todas as línguas. *Palomar* fora escolhido precisamente por isso. Acho também que *for the next millennium* decerto faria parte do título italiano: em todas as suas tentativas de encontrar o título exato em inglês, mudavam as outras palavras, mas a expressão *for the next millennium* permanecia sempre. Eis por que a conservei (Calvino, 1990, p. 6).

As cinco conferências abordam os temas: leveza, rapidez, exatidão, visibilidade e multiplicidade. Na terceira, intitulada "Exatidão", Calvino discute a dificuldade de encontrar a palavra exata no momento da escrita, o que era uma obsessão sua. O escritor, assim, realiza um esforço enorme para que as palavras consigam dar conta, com a maior precisão possível, do aspecto sensível das coisas. Aponta, além disso, que sua escritura se encontra sempre diante de dois caminhos divergentes, que conduzem a dois tipos diversos de conhecimento:

> Um que se move no espaço mental de uma racionalidade desincorporada, em que se podem traçar linhas que conjugam pontos, projeções, formas abstratas, vetores de forças; outra que se move no espaço repleto de objetos e busca criar um equivalente verbal daquele espaço enchendo a página com palavras, num esforço de adequação minuciosa do escrito com o não escrito, da totalidade do dizível com o não dizível (Calvino, 1990, p. 88).

As duas pulsões de Italo Calvino, porém, jamais alcançam satisfação absoluta, seja porque as línguas dizem sempre alguma coisa a mais — isto é, alguma coisa que provoca um rumor e uma ruptura na essencialidade da informação —, seja porque a densidade do mundo à nossa volta nos impede que a linguagem consiga apreender a totalidade, mostrando-se sempre lacunar e fragmentária. Por isso, o escritor ressalta que: "O justo emprego da linguagem é, para mim, aquele que permite o aproximar-se das coisas (presentes ou ausentes) com discrição, atenção e cautela, respeitando o que as coisas (presentes ou ausentes) comunicam sem o recurso das palavras" (Calvino, 1990, p. 90-91). E qual seria, então, o paradigma dessa batalha com a língua, nessa perseguição de algo que escapa à expressão? Leonardo da Vinci! A resposta é, no mínimo, inquietante e, por meio dela, ou melhor, por meio da figura desse artista, abre-se uma série de caminhos disparatados.

Calvino estava atento ao fato de que os códices de Leonardo são uma espécie de jogo entre forças ambivalentes: "Os códices de Leonardo são um documento extraordinário de uma batalha com a língua, uma língua híspida e nodosa, à procura da expressão mais rica, mais sutil e precisa" (Calvino, 1990, p. 91). No entanto, antes, relembremos o que são os códices do artista: são apontamentos que testemunham temas variados, com reflexões e cálculos que incorporavam, ao mesmo tempo, questões teóricas e práticas, como manifestação de um traço em esboço — incompleto, portanto. Além disso, os códices não têm uma linearidade argumentativa, pois a todo instante um corte estanca uma argumentação inicial para que outras possibilidades possam se apresentar em estado de eterna mutação, cujos efeitos transladam as figuras do pensamento. Seus códices ficaram por muito tempo espalhados por vários lugares do mundo, entre museus, bibliotecas e coleções privadas. Apenas em 1952, ano da primeira edição do livro *Leonardo da Vinci: scritti letterari*, tivemos acesso a 128 anotações que Augusto Marinoni conseguiu recolher durante inúmeras viagens. A edição foi publicada pela editora Rizzoli, de Milão. Como se deu tal dispersão dos códices? Em 23 de abril de 1519, ou seja, nove dias antes da morte de Leonardo, em 2 de maio de 1519, ele estava vivendo no Castelo de Cloux, nas vizinhanças de Amboise (França), desde a primavera de 1516. Ali, ditou seu testamento, deixando como herdeiro de seus manuscritos seu aluno predileto, Francesco Melzi. Depois da morte de Melzi, os códices se dispersaram por vários lugares do mundo, como França, Itália, Espanha, Inglaterra, Estados Unidos, Alemanha e Suíça, e ainda hoje cerca de um quinto permanece esparso[13].

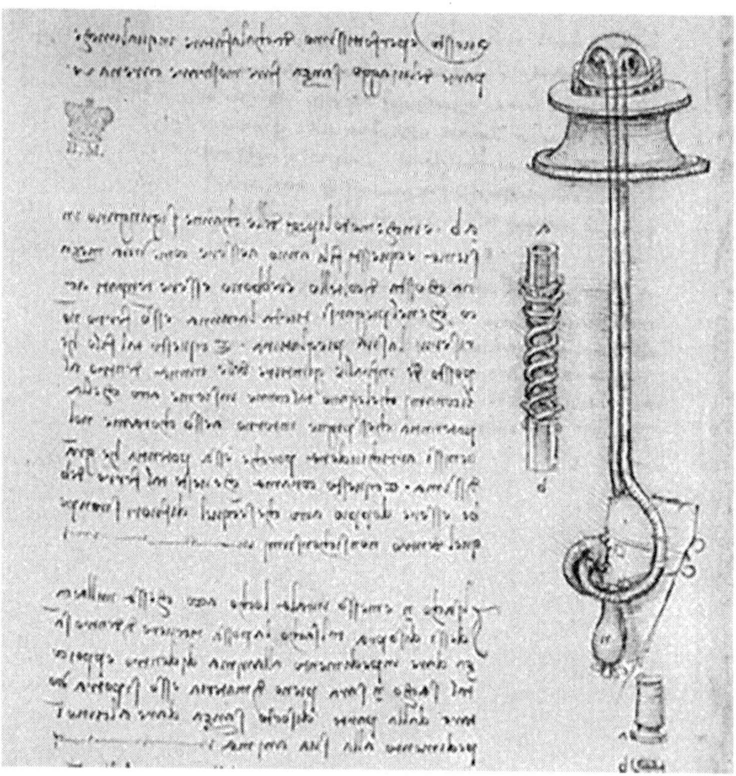

Códice Arundel, 1478-1518, British Library, Londres.

[13] Um percurso mais complexo sobre tais fatos se encontra no prefácio escrito por Carmelo Distante para a edição brasileira de *Obras literárias, filosóficas e morais*, de Leonardo da Vinci, publicada em 1997 pela editora Hucitec, de São Paulo.

Anna Maria Brizio, historiadora da arte italiana, docente das Universidades de Turim e Milão e falecida em 1982, publicou vários estudos sobre Leonardo da Vinci –por exemplo, *Il trattato della pittura di Leonardo* (1956), *I manoscritti di Leonardo da Vinci nella Biblioteca Nacional de Madrid* (1974) e *Il Codice di Leonardo da Vinci nella Biblioteca Trivulziana di Milano* (1980); no ano de 1952, em Turim, são editados os *Scritti scelti di Leonardo da Vinci*, no qual lemos:

> Quem pela primeira vez se defronta com a leitura dos manuscritos de Leonardo da Vinci tem desde o começo uma sensação de desorientação. Nenhuma ordem aparente, nenhuma continuidade e nenhum desenvolvimento de argumentos, e na mesma folha as proposições mais variadas e disparatadas se dão sem nenhum nexo que as una: uma nota brevíssima e contingente de vida cotidiana — um conto, um memorando, uma lista de objetos, a recordação breve e nua de um fato — está ao lado da enunciação de um teorema, da observação sutil de um fenômeno natural, de um cálculo de potência e resistência, de uma fábula, de um movimento e assim por diante. Ou, ainda, uma demonstração iniciada com um enunciado preciso e difuso de premissas deriva, depois, em direções divergentes e se entrelaça com novos elementos, que nos levam para longe do ponto de partida (Brizio, 2009, p. 11, tradução nossa).

Vimos que, na concepção de Calvino, o escritor faz um enorme esforço para conseguir captar o aspecto sensível das coisas, movendo-se num espaço mental com uma racionalidade desincorporada, enchendo a página de palavras, numa tentativa de adequação minuciosa do escrito ao não escrito, da totalidade do dizível ao não dizível, e esse movimento aparentemente caótico nos diz alguma coisa acerca da singularidade de Leonardo da Vinci. Sigamos os rastros.

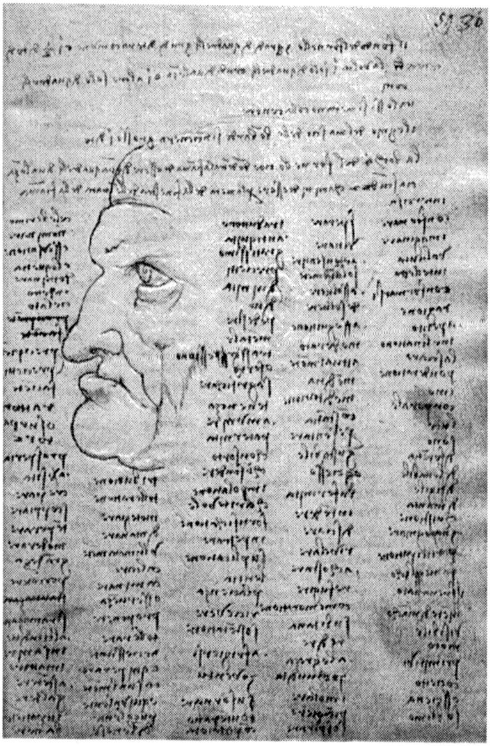

Códice Trivulziano, 1478-1490, Castelo Sforzesco, Milão.

O poeta e filósofo Paul Valéry não passaria imune aos procedimentos do artista, tanto que dedica um livro ao método de Leonardo da Vinci, intitulado *Introdução ao método de Leonardo da Vinci* (em francês: *Introduction à la méthode de Leonardo da Vinci*), publicado em 1894. Valéry assim manifesta sua compreensão do caso: "Leonardo da Vinci não tem relação com essas desordens [...], ele fixou diante de seu olhar esse rigor obstinado, que se diz o mais exigente de todos" (Valéry, 1998, p. 127). Em outras palavras: lidar com o caos requer método, requer ser "um modelo de belo animal pensante, absolutamente flexível e perspicaz; dotado de vários modos de movimento" (Valéry, 1998, p. 131). Mas há um detalhe que nos chama a atenção diante desse método desviante: por que razão Leonardo se dizia um *omo sanza lettere* (homem sem letras)? Num de seus proêmios, lemos: "Domino tantas palavras de minha língua materna, que devo preocupar-me mais em entender bem as coisas do que com a falta de palavras com as quais eu possa expressar bem o conceito que tenho em mente" (Da Vinci, 1997, p. 177); em outro momento:

> Ó escritor, com quais palavras irá retratar com perfeição a descrição completa que há aqui no desenho? Por não ter conhecimento deste, você relata de forma confusa, transmitindo poucas informações sobre as verdadeiras configurações das coisas. Engana-se ao pensar que com isso satisfaz plenamente o leitor, tratando de figuras de qualquer coisa corpórea que ocupa espaço. Lembro-o de que você tem de se incomodar em usar palavras caso queira falar com cegos ou caso queira demonstrar aos ouvidos e não aos olhos dos homens. Falando de coisas que têm substância ou da natureza, não se incomode em fazer passar pelos ouvidos coisas que sejam perceptíveis aos olhos, porque será superado de longe pela obra de um pintor (Da Vinci, 1997, p. 179).

O uso da palavra, que na filosofia — tal como aponta Paul Valéry — era, ao mesmo tempo, o meio e o fim do filósofo, para Leonardo da Vinci era um "meio sem fins". Nesse sentido, ele se aproxima e se distancia do filósofo ou, ainda, como anota o poeta francês: "Leonardo é pintor: digo que tem a pintura por filosofia. Na verdade, é ele mesmo quem o diz; e fala pintura como se fala filosofia: equivale a dizer que referencia a ela todas as coisas" (Valéry, 1998, p. 233). Tal ambivalência desconstrói categorias rígidas, cujas premissas definem o ser-filósofo, o ser-pintor etc., como se não pudesse haver contato e contaminação entre elas. Valéry, no instante em que faz a derradeira pergunta "E, então, ele é ou não é filósofo?" (Valéry, 1998, p. 235), escreve ao mesmo tempo à margem da página: "Quando a circunstância me levou a considerar Da Vinci, vi nele um tipo de trabalho tão consciente, que a arte e a ciência estão inextricavelmente misturadas nele" (Valéry, 1998, p. 235). Assim, a essência se figura como coessência. Portanto, é uma transfiguração inquieta, movida por meio das contingências. Aliás, *Introdução ao método de Leonardo da Vinci* acaba por incorporar o procedimento do pintor-filósofo, pois nos códices as noções de centro e margem são diluídas. Dessa forma, poderíamos ler os comentários "às margens" do "texto central" de Valéry nessa perspectiva transitória, na qual um se dá com e contra o outro, numa relação de aproximação ao centro à medida que toma distância dele.

O poeta espanhol José Bergamín, muito possivelmente à escuta das hesitações de Paul Valéry, dedica um aforismo a Leonardo da Vinci, em *Aforismos de la cabeza parlante* (1983):

> Leonardo não era apenas um pintor que filosofava, mas também, por acaso e mais exatamente, o contrário: um filósofo que pintava. Sua especulação filosófica é uma visão do mundo tão pictórica (do "olho no mundo") quanto sua pintura é uma especulação figurativa racional que a reflete. Por isso, na qualidade de pensador e pintor, Leonardo é penumbroso. Seu gosto — tal como o de Petrarca — pelas "sombras doces", que perdem seu verdor e seu frescor de ramagem estremecida, para nos enredar no esforço labiríntico de suas rochas, de seus céus diluviosos e de seus vazios devoradores dessas mesmas "sombras doces" fronteiriças, é uma prova outonal, invernal, de esquelética vegetação nua e de significação sutil de folha morta. Seu desenho, sem aniquilar a cor, assim como o de Botticelli, a circunda de ameaças inquietantes. Até parece que Leonardo procurava matar a Pintura acariciando-a; semelhante a um apaixonado místico a quem uma aventura trágica de amor, como a de Abelardo, errou o sexo. Sua paixão viva pela Pintura, igual à sua ansiedade ilusória de pensamento, é naturalmente andrógina e sobrenaturalmente hermafrodita (Bergamín, 1983, p. 25, tradução nossa).

O pensamento movente de Leonardo, o penumbroso, portanto, "vê poesia na pintura e lê pintura na poesia". Entra em cena, mais uma vez, o aspecto sensível das coisas e, conforme ele havia escrito num de seus cadernos: "Todo nosso conhecimento nasce dos sentidos" (Da Vinci, 1997, p. 47). Paul Valéry não deixará de perceber, por sua vez, que "Leonardo é um pintor: afirmo que tem a pintura por filosofia" (Valéry, 1998, p. 233).

O filósofo e psiquiatra alemão Karl Jaspers, em 1953, profere na Universidade da Basileia uma conferência intitulada *Lionardo als Philosoph* [Leonardo como filósofo], e logo em sua introdução nos aponta que: "Foi Leonardo essencialmente artista, cientista, filósofo ou alguma coisa que não permite ser apreendida sob as especificações usuais da criação?" (Jaspers, 2001, p. 14, tradução nossa), e

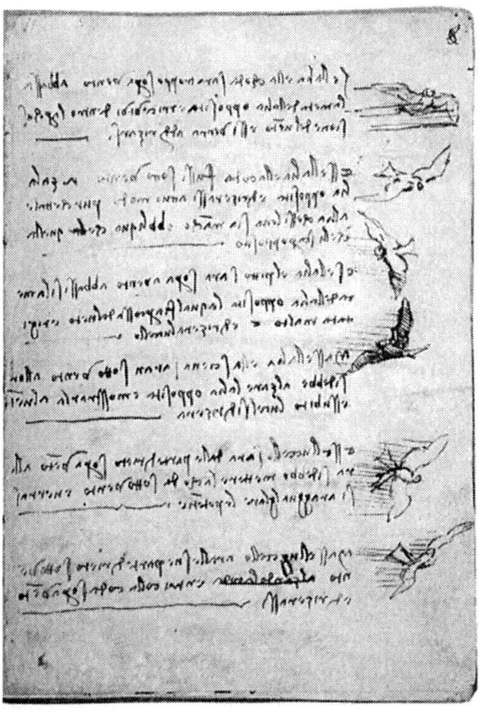

Códice sobre o voo dos pássaros, 1505, Biblioteca Real, Turim.

em seguida: "Leonardo se tornou o mito de um mistério". E qual seria, então, a peculiaridade dessa mente que resiste a qualquer apreensão? Nas palavras de Jaspers (2001, p. 19), "seu filosofar está infinitamente distante do empirismo e do sensualismo comuns", pois "o rigor da capacidade criadora cresce, em Leonardo, com a força da reflexão" (Jaspers, 2001, p. 27).

Portanto, como podemos perceber, a questão da experiência é extremamente vital para o pintor italiano. Ele é um *omo sanza lettere* singular, pois não se reduz aos princípios que buscam capturar os sentidos presentes e ausentes no mundo. Leonardo projeta, ao mesmo tempo, máquinas para voar, assim como um paraquedas fadado ao fracasso. E essa era sua posição ao escrever o seguinte proêmio?

> Sei perfeitamente que, por não ser literato, a algum presunçoso pensará ter razão ao me censurar, alegando que não sou um homem de letras. Gente estúpida! Ignoram que poderia lhes responder como fez Mário aos patrícios romanos, dizendo-lhes: "Os que se vangloriam com as obras alheias, as minhas não querem reconhecer". Dirão que, por eu não ser um homem de letras, não posso expressar bem aquilo que pretendo dizer. Ora, não sabem que meus trabalhos são mais para serem sentidos pela experiência do que pelas palavras dos outros, e que a experiência foi mestra de quem escreveu bem, e assim por mestra eu a tomo, e em todos os casos argumentarei com ela (Da Vinci, 1997, p. 175).

É curioso que justamente o homem que era julgado como *omo sanza lettere* tenha criado possibilidades para o desdobramento de questões acerca da linguagem — por exemplo, as empreendidas por Paul Valéry, Jean Clair e Marcel Duchamp: o conflito entre a poética da linguagem e a poética da voz possibilitou a Valéry esboçar uma espécie de teoria da linguagem a partir de um manuscrito de Leonardo, no qual escreve: "Onde há voz, há corpo". Para Valéry, a tarefa de Leonardo seria:

> *Escrever* devendo ser, o mais solidamente e o mais exatamente possível, construir essa máquina de linguagem na qual o relaxamento do espírito excitado se consome em vencer resistências *reais*, exige do escritor que se divida contra si mesmo. É somente e estritamente nisso que o homem inteiro é *autor*. Todo o resto não é dele; pertence, mas de uma parte dele, evadida (Valéry, 1998, p. 119).

E ainda, como acrescenta:

> Mas para Leonardo a linguagem não é tudo. O saber não é tudo para ele; talvez lhe seja somente um meio. Leonardo desenha, calcula, constrói, decora, utiliza todos os modos materiais que experimentam e que comprovam suas ideias, e que lhes oferecem ocasião de saltos imprevistos contra as coisas, da mesma forma que lhes opõe resistências estranhas e as condições de um mundo diferente que nenhuma previsão e nenhum conhecimento prévio permitem envolver de antemão numa elaboração puramente verbal (Valéry, 1998, p. 219).

Valéry, no entanto, deseja saber qual seria o papel da linguagem no processo caótico de criação de Leonardo:

> Mas de que lhe serve a linguagem em tudo isso? Serve-lhe apenas de instrumento, nas mesmas condições que os números. Não é para ele senão um auxiliar, um acessório de trabalho que interpreta, nas empreitadas de nossos desejos, o mesmo papel que, para aqueles que escrevem os desenhos à margem, desempenha, às vezes, na elaboração das expressões (Valéry, 1998, p. 235).

Assim, para Leonardo era importante retomar o corpo da abjeção. Talvez esta seja a estratégia de sua escrita especular, escritura figurada da esquerda para a direita, pois nesse gesto há um desdobramento irônico que a imagem põe em movimento: o olho que contempla se torna o olho contemplado, e a visão se dá na sintaxe do ver-se vendo. Gesto, aliás, muito singular a Marcel Duchamp.

Os espelhos são objetos de fascinação desde os filósofos medievais, e o fascinante é que não refletem substancialmente o ser da imagem que se coloca à frente deles. O filósofo Giorgio Agamben, no ensaio "O ser especial", em *Profanações*, escreve: "A imagem não é uma substância, mas um acidente, que não se encontra no espelho como em um lugar, mas como em um sujeito [...]. O ser da imagem é uma geração contínua (*semper nova generatur*). Ser de geração e não de substância, ela é criada a cada instante de novo" (Agamben, 2007, p. 51-52). Ou seja, aí habita a questão da metamorfose, e Leonardo da Vinci era um "homem sem letras" fascinado pelo voo dos pássaros, pela máquina lançadora de projéteis, pela maleabilidade dos membros dos corpos e pelo fluir das águas, como escreve num de seus cadernos: "A água que você toca dos rios é a última daquele que se foi e a primeira daquela que vem. Assim é o tempo presente" (Da Vinci, 1997, p. 49). Em um de seus proêmios, escreve sobre o caráter da acidentalidade da imagem:

> Hão de ser considerados e não menos estimados os inventores e intérpretes entre a natureza e os homens, em comparação com os repetidores e divulgadores das obras alheias, como é o objeto colocado ante um espelho comparado com sua imagem repetida nele, pois um, por si só, é alguma coisa, mas a outra não é nada. Gente que tem pouca obrigação para com a natureza, porque somente é dotada de virtudes acidentais e sem elas poderia figurar entre os rebanhos de animais (Da Vinci, 1997, p. 173).

José Bergamín também nos chama a atenção para o dado acidental do pensamento e da arte de Leonardo: "Aquelas que chamamos de linguagens pictóricas ou musicais são a expressão que as determina poeticamente, de modo criativo, numa iniludível ilusão dissimuladora de sua angústia. O equívoco reflexo no espelho da arte, como pensava Leonardo" (Bergamín, 1983,

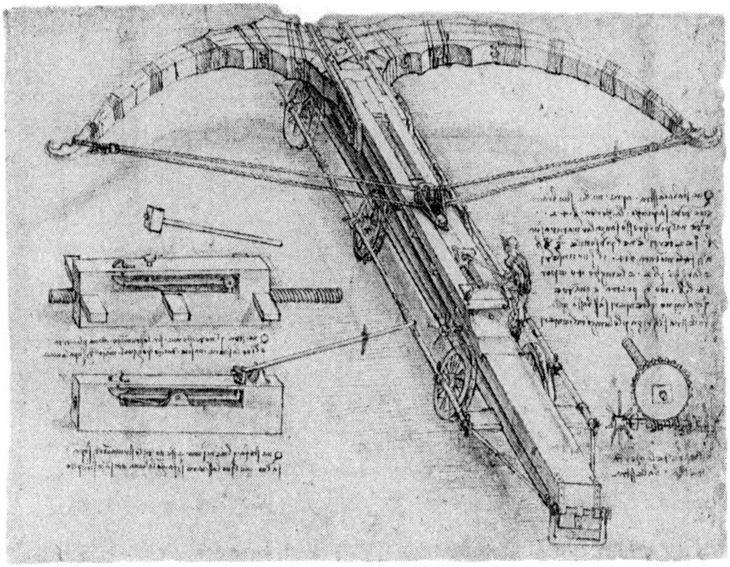

Códice Atlântico, 1478-1518, Biblioteca Ambrosiana, Milão.

p. 29). Em outras palavras, se a poesia é uma hesitação prolongada entre o som e o sentido, como pensado por Valéry, poderíamos nos questionar: quem fala no poema, a voz da linguagem ou a linguagem da voz? E ainda: a voz da linguagem e, ao mesmo tempo, a linguagem da voz? Se a imagem refletida no espelho a cada mirada não é uma substância, mas um acidente, então cada imagem, assim como cada palavra no poema, se dá apenas uma única vez, não como verdade última, mas penúltima. A imagem não como acabamento, mas como transfiguração de uma imagem a outra. Ela sempre falta em seu lugar.

O filósofo Oscar del Barco, num texto dedicado à metafísica singular de Macedonio Fernández, intitulado "Macedonio Fernández o el milagro del ocultamiento" (Del Barco, 1997, p. 463), argumenta que não há referencialidade na leitura de um poema, pois este é, de fato, o desastre da linguagem, dado que se torna outra linguagem na linguagem. Del Barco anota que, "no poema, a palavra 'mar' não se refere ao mar e, ao mesmo tempo, não pode deixar de se referir a ele. O poema se produz na linguagem e se refere à linguagem, mas, por sua vez, produz um corte preciso no referente, e é nesse corte que se lê o poema" (Del Barco, 1997, p. 463, tradução nossa). Assim, o poema realiza desvios que deslocam o que permanecia até então estável, o que se encontrava supostamente ancorado numa substancialidade. A ambivalência produz um corte no qual a leitura do poema contorna uma espécie de vazio, criando o lugar da diferença, ou seja, do outro. Del Barco ainda nos diz que "a poesia, assim, seria a ausência de linguagem na linguagem ou um conjunto de palavras inaudíveis marcando sua diferença entre as palavras da linguagem. O ser humano está ali em seu não estar, em seu não ser; exilado de si mesmo" (Del Barco, 1997, p. 463). Tal ambivalência, isto é, "estar no seu não estar", surge do movimento do poema, voltando-se para si mesmo, interrogando-se a si mesmo. No entanto, nesse gesto se opera uma espécie de descentramento de si. Lembremo-nos do gesto de Rimbaud, leitor de Montaigne: *je est un autre*. Eu "é" um outro. O deslizamento de sentido confronta a concepção cartesiana à medida que o poeta busca a liberdade, para a certeza da existência do sujeito pensante não se tornar um cárcere que ele constrói para si mesmo. Em outras palavras: criação de alteridade no interior do próprio sujeito por meio de uma descentralização do eu de si mesmo, para romper com a noção de bloco sólido e indivisível. Em última instância: para confrontar a alma fascista do indivíduo que se crê uma forma absoluta e, ao mesmo tempo, inocente, excluindo qualquer possibilidade de dúvida e oscilação.

Em outras palavras, poesia-pintura-filosofia como descentramento e destituição.

A origem que se quer refletir no nome é uma armadilha. Diante da captura e contra ela, o voo em direção ao impossível.

Leonardo da Vinci, ser penumbroso.

REFERÊNCIAS

AGAMBEN, Giorgio. *Profanações.* Tradução de Selvino José Assmann. São Paulo: Boitempo, 2007.

BERGAMÍN, José. *Aforismos de la cabeza parlante.* Madri: Ediciones Turner, 1983.

BRIZIO, Anna Maria (org.). *Scritti scelti di Leonardo da Vinci.* Milão: Mondadori, 2009.

CALVINO, Italo. *Seis propostas para o próximo milênio*: lições americanas. Tradução de Ivo Barroso. São Paulo: Companhia das Letras, 1990.

DA VINCI, Leonardo. *Obras literárias, filosóficas e morais.* Tradução Roseli Sartori. São Paulo: Editora Hucitec, 1997.

DEL BARCO, Oscar. "Macedonio Fernández o el milagro del ocultamiento". *In*: FERNÁNDEZ, Macedonio. *Museo de la Novela de la Eterna.* Organização de Ana María Camblong e Adolfo de Obieta. Madri; Paris; Cidade do México; Buenos Aires; São Paulo; Lima; Cidade da Guatemala; São José da Costa Rica; Santiago de Chile: ALLCA XX, 1997.

JASPERS, Karl. *Leonardo filosofo.* Milão: SE, 2001.

VALÉRY, Paul. *Introdução ao método de Leonardo da Vinci.* Tradução de Geraldo Gérson de Souza. São Paulo: Editora 34, 1998.

Vittorio Pica?

Oriente e Ocidente

"Num artigo sobre o Oriente, Roger Caillois observa que os orientais frequentemente ignoram o passado da Europa e as tradições ocidentais; conhecem melhor o cubismo do que a arte gótica, as audácias da música dodecafônica do que o canto gregoriano. Ao contrário, os ocidentais sempre se interessaram pelo passado do Oriente. Outra contradição: no Ocidente, apenas os especialistas conhecem o Oriente, ao passo que neste todo mundo, ou quase todo mundo, conhece o Ocidente e sofre seu influxo irresistível. Por outro lado, o Ocidente é, pode-se dizer, único, à medida que as nações orientais, como a Arábia Saudita, o Irã, a Índia, a China e o Japão têm, ao contrário, costumes e tradições díspares e, sem dúvida, muito diferentes. Segundo o romancista indonésio Sutan Takdir Alisjahbana, em qualquer lugar do Oriente, por causa do progresso nos meios de comunicação, na educação, nos meios de informação e na cooperação internacional, todos os dias se mostra mais sensível a ruptura com o passado místico e feudal, com o intuito de tornar mais difundida, profunda e irreversível a ocidentalização em curso."

[JUAN RODOLFO WILCOCK]

Por volta da segunda metade do século XIX, a arte japonesa começou a ser exposta no Ocidente, muito promovida, sem dúvida, pelas Exposições Internacionais, como as ocorridas nos anos de 1862, 1867 e 1878, em cidades como Londres e Paris, sobretudo com maior presença nesta última — tanto que o artista Philippe Burty (1830-1890) cunhou o termo *japonisme*, em 1873, para destacar a singularidade do fenômeno. A paixão voltada então à arte desse país se deve, num primeiro momento, à circulação de suas obras pela Holanda por meio das Companhias das Índias, que, em seguida, foram difundidas por toda a Europa. Além desse fato histórico, é importante não esquecermos o fim do "isolamento" japonês, depois de séculos, com a Restauração Meiji, em 1868, período no qual se dá início ao comércio entre o Japão e a Europa. Como resultado desse trânsito, muitas estampas japonesas chegavam aos portos europeus — as famosas estampas *ukiyo-ye*, que podemos traduzir como "imagens do mundo flutuante" (feitas quase sempre em blocos de madeira); nelas eram retratadas cenas em que a beleza feminina ganhava destaque, o teatro Kabuki, os lutadores de sumô, as lendas populares, as cenas de paisagens, a fauna, a flora e, não menos relevante, a "pornografia".

Diferentemente dos casos da Holanda, da França, da Inglaterra e da Áustria, no que concerne à arte plástica, na Itália desse período não se encontram muitos rastros da arte extremo-oriental. Aqui podemos lembrar que, em 1878, Jean Chesneaux (historiador e político militante do Partido Comunista francês) e Paul Gasnault (aluno do Collège Bonaparte, onde começou a estudar direito enquanto continuava sua educação artística, entre desenho e música)[14] publicaram na *Gazette des Beaux-Arts* um texto sobre a seção de arte

---

[14] Gasnault fez isso até obter o bacharelado em 1849. Em 1851, foi recrutado para trabalhar na secretaria-geral do Ministério da Instrução Pública; em março de 1857, cansado de um trabalho rotineiro sem perspectiva de avanço, passou a se concentrar na crítica de arte e em sua crescente paixão por cerâmicas e porcelanas antigas, principalmente francesas, chinesas e japonesas.

japonesa presente na Exposição Universal de Paris. No ano posterior, Théodore Duret publicava na mesma revista o ensaio "*L'art japonais: les livres illustrés. Les albums imprimés. Hokousaï*". Em Londres, William Anderson, médico inglês, publica o famoso *Japanese Wood Engravings*, em 1882. Um ano mais tarde, Dresser, o grande propulsor do movimento Arts and Crafts, publicou, em Londres, *Japan, its Architecture, Art and Art Manufactures*, enquanto em Paris se lia *L'art japonais*, em dois volumes, escrito por Louis Gonse. Nesse último caso, foram fundamentais as colaborações de dois japoneses que viviam em Paris: Wakai Kenzaburo Ken'ichiro e Hayashi Tadamasa.

Outro grande divulgador da arte japonesa na Europa foi o crítico de arte alemão, naturalizado francês, Siegfried Bing (1838-1905), que editou simultaneamente na França, Inglaterra, Alemanha e França, entre os anos 1888 e 1891, a revista *Le Japon Artistique* (a revista se tornou um ponto de encontro para vários artistas, como Munch, Rodin, Henri de Toulouse-Lautrec, entre outros). Bing propôs apresentar ao público da revista "uma reprodução fiel dos originais", com a colaboração de Charles Gillot, famoso colecionador de objetos de arte da Antiguidade, do Extremo Oriente, do Irã, da Síria e do Japão. Em 1875, Gillot abriu um estúdio de fotografia em Paris e ali desenvolveu a técnica da fotogravura, conhecida também como *gillotage* (transferência de uma fotografia para uma placa de zinco). Assim, ele pôde, em certa medida, sabotar a máquina que fabricava numerosos objetos de baixa qualidade, produzidos especificamente a fim de serem exportados para a Europa, por meio dos quais o público recebia uma formação um tanto equívoca sobre a arte nipônica.

Nos anos 1890, um pintor da "escola vulgar" japonesa ganhou destaque nos estudos de críticos de arte: Kitagawa Utamaro (1753-1806). Em 1891, Edmond de Goncourt (1822-1896) publicou *Outamaro, le peintre des maisons vertes*, e Bing publica, em 1893, *Estampes d'Outamaro et de Hiroshigé*. Nesse mesmo período, na Itália, passou a haver um interesse inicial pela arte japonesa. Em 1886, o poeta e militar Gabriele D'Annunzio escreveu um texto sobre o salão do Palazzo Primoli (construído no século XVII), no Museu Napoleônico de Roma, no qual conviviam, no mesmo espaço, obras de épocas e culturas diversas, como tapetes venezianos e manufaturados chineses, estampas e objetos japoneses, cujo ambiente múltiplo refletia o gosto do conde Giuseppe Primoli (membro da família Bonaparte), ou seja, um "homem do mundo". Escreve D'Annunzio sobre o salão:

> Tentem imaginar algo como uma grande galeria multicolorida, cheia de flores e de plantas verdes, iluminada por lâmpadas de todos os estilos e por *flambeaux* de todas as formas, protegidas por abajures fantásticos que simulam pássaros, cálices de lírios monstruosos, borboletas, sombrinhas, chapéus, arranjos do século XVIII, figuras chinesas. Todo o teto é vermelho, daquele vermelho vivíssimo e inimitável que possuem certos tecidos do Extremo Oriente; e sobre o vermelho estão espalhados mil leques de Yokohama, pequenos leques pintados em cores claras. Nas paredes, os objetos mais curiosos e variados se confundem em um brilho ofuscante: um *foukousa* bordado a ouro envolve um prato hispano-mourisco; um pedaço de veludo veneziano é preso pela espada de um samurai; uma maiolica de Faenza repousa sobre uma prateleira de laca; [...] uma Nossa Senhora sobre uma tábua dourada, obra de algum primitivo qualquer, sorri piedosamente à luz vermelha de uma lanterna japonesa horrenda, cheia de dragões e monstros (D'Annunzio, 2012, p. 35, tradução nossa).

Ou seja, a *giapponeseria* italiana de então se mostrava superficial e extravagante, assim como a de D'Annunzio, conforme relembrado por Maria Mimita Lamberti no ensaio "*Giapponeserie dannunziane*", escrito em 1985 (estabelecendo ali uma diferença entre o fenômeno do *japonisme* e da *giapponeseria*). No entanto, apesar do fenômeno da *giapponeseria*, surge um personagem que irá aprofundar e desdobrar os conhecimentos sobre a arte japonesa no contexto italiano, sem se deixar levar pelos "aspectos multicoloridos" da arte nipônica. Refiro-me a Vittorio Pica (1862-1930), escritor napolitano, tradutor e crítico de literatura e de arte.

Ainda jovem, quando cursava a Faculdade de Direito, na Universidade de Nápoles, Vittorio iniciou uma amizade com o escritor Edmond de Goncourt, com quem estabeleceu uma constante relação epistolar em 1881. Nas cartas, o primeiro manifestava interesse e admiração pelas obras e pesquisas do escritor francês. E é justamente a partir dessa relação de amizade que nasceu no estudioso a paixão pela arte do extremo Oriente. Com apenas 18 anos de idade, ele recebeu uma menção honrosa no jornal político e literário romano *Fanfulla della Domenica* a respeito de seu ensaio sobre os escritores e irmãos franceses Edmond e Jules de Goncourt. Em 1894, publicou *L'arte dell'Estremo Oriente*. Nas primeiras linhas, dirigiu-se aos leitores como se quisesse justificar a importância de seu estudo a respeito da arte japonesa:

> O que lhes importa tudo isso? O Japão para muitos de vocês, assim como para mim, bem como para tantas almas de artistas modernas, feridas por uma misteriosa e insanável nostalgia prazerosa, não é senão o refúgio rejuvenescedor do espírito, cansado e desgostoso das vulgaridades, das preocupações, dos aborrecimentos da vida cotidiana banal, e é em direção a ele que migra alegre o pensamento nas doces horas de íntima fantasia (Pica, 1894, p. 8, tradução nossa).

Tal "fantasia", que poderíamos também traduzir por "sonho", não revela apenas uma viagem descompromissada pelo mundo oriental; antes, responde a uma exigência que Vittorio Pica, com muita elegância e ironia, logo dá a ler na passagem que segue à citação anterior:

> Para essa viagem exaltante no país encantado do Sol Nascente, não é necessário enfrentar os tédios, os incômodos, os gastos de uma longa permanência em um dos enormes e pesados batéis, que periodicamente partem de nossos portos e, bufando e espumejando, aprumam a proa em direção às distantes plagas orientais; isso basta, creio eu, e talvez seja muito melhor, já que se evita, assim, um espetáculo frustrante de um Japão europeizado. Agora é muito melhor, dizia, folhear com a mão lenta uns trinta álbuns admiráveis feitos com os pincéis glorificantes de Toyokuni, Utamaro, Hiroshige e do divino Hokusai. Folheiem-nos, folheiem-nos, e o mágico arquipélago do Extremo Oriente passará, como por encanto, sob seus olhos doentes (Pica, 1894, p. 8-9).

Sua viagem imaginária pelo Extremo Oriente foi feita ao lado de Goncourt, em 1891, encontro ao qual se referiu na mesma obra:

> Um desses passeios imaginários, no Extremo Oriente, eu fiz três anos atrás, e nem tão cedo em minha mente essa lembrança deliciosa irá se apagar. Era um meio-dia tépido de junho, e Edmond de Goncourt, que já por outras vezes me acolhera amigavelmente em sua inesquecível mansãozinha-museu de Auteuil, quis naquele dia me mostrar sua rica coleção de álbuns japoneses. [...] Sobre a escrivaninha os álbuns de Hokusai, Utamaro, Toyokuni e Hiroshige se acumulavam, se alinhavam, se abriam diante de mim, revelando-me um mundo prodigioso, cheio de luz e de alegria (Pica, 1894, p. 10-11).

E acrescentou: "Foi assim que viajei pela primeira vez ao Japão, há muitos anos por mim adorado e vislumbrado, por meio das páginas dos livros e de miragens de sonhos" (Pica, 1894, p. 12). No final dos anos 1880, chegou mais uma vez à Europa uma quantidade enorme de estampas japonesas, todas com qualidade muito superiores àquelas das décadas de 1860 e 1870. Muitos colecionadores se interessaram imediatamente por comprá-las — entre eles, Goncourt voltou seu interesse às estampas de Utamaro. Sua admiração pelo artista japonês se intensificou ainda mais após a mostra que Bing organizou na Escola de Belas-Artes de Paris, em 1890. No ano seguinte, Goncourt publicou um estudo sobre Utamaro, intitulado *Outamaro, peintre des maisons vertes*. Nesse contexto, Vittorio Pica, com a publicação de *L'arte dell'Estremo Oriente*, respondeu a uma exigência não apenas estética, mas também ética no que diz respeito à arte nipônica, cuja presença na Europa, e especificamente na península italiana, não se resumia a uma simples arte decorativa exótica, pois já é "tão escasso o número de pessoas que na Itália conhecem e apreciam tal como merece a arte do Japão, essa arte tão original e genial em suas manifestações multiformes" (Pica, 1894, p. 12-13), além dos pintores e intelectuais que, por ignorância, afirmam ser "a arte japonesa uma arte infantil" (Pica, 1894, p. 13). Com o intuito de provocar um ruído nos salões de arte em Nápoles, Vittorio Pica proferiu uma conferência sobre a arte japonesa poucos meses antes da publicação de *L'arte dell'Estremo Oriente*, com o intuito de retirá-la de uma compreensão até então muito fechada e preconceituosa.

Nos anos posteriores, o crítico seguirá aprofundando seus conhecimentos em arte japonesa, e de fundamental importância será, nesse sentido, a revista *Emporium*, criada em 1895 por Paolo Gaffuri (fundador do Instituto Italiano de Artes Gráficas, ao lado do geógrafo Arcangelo Ghisleri). É uma das primeiras revistas de arte italiana, impressa em Bérgamo, muito inspirada, aliás, na revista inglesa *The Studio*, criada na Londres de 1893. *Emporium* transformou radicalmente o modelo tipográfico até então existente, utilizando-se de meios complexos da indústria poligráfica moderna, como era o caso da impressão fotomecânica, que permitiu imprimir com mais facilidade páginas com textos e imagens. Os dois fundadores queriam uma revista que fosse, ao mesmo tempo, "universal e bela, útil e atual, italiana e cosmopolita, bem-ilustrada, direcionada a todos, luxuosa e popular", como lemos no manifesto programático publicado no primeiro número. A revista provocou um enorme impacto na cultura italiana, tanto que chegou a somar 840 fascículos, durante quase setenta anos de existência, com publicações regulares mensais (irregulares apenas durante a Segunda Guerra Mundial).

Capa da revista *Emporium*, Vol. III, n. 13, publicada em 1896, cada volume continha 6 fascículos.

Vittorio Pica teve sua primeira participação na revista em 1896, no número 13, publicando o ensaio "*Per la gioia degli occhi*". No número 15, dará início a uma série chamada "*Attraverso gli albi e le cartelle*", na qual lemos seus estudos sobre Goya e Redon, assim como sobre cartazes ilustrados franceses, alemães, austríacos, russos, espanhóis, italianos, álbuns ingleses infantis, entre outros — no segundo número da série, Vittorio Pica passa a escrever sobre os "álbuns japoneses".

Nessa ocasião, publicou um fragmento de seu livro, acompanhado de trinta ilustrações, e seu objetivo principal aparentemente era apresentar ao público as estampas japonesas, que tinham, naquele momento, a chance de ter uma impressão de melhor qualidade. Poderíamos nos questionar: o que estava por trás desse gesto crítico? Além disso, dado o caráter da revista, que em um mesmo número apresentava anacronicamente artistas de tempos diversos, o crítico estava ali ressaltando a força ambivalente da vida moderna da arte japonesa arcaica, ou seja, a presença do passado no presente, conforme podemos ler na passagem: "A arte japonesa é, portanto, essencialmente moderna, já que todos seus ramos tiveram sua mais gloriosa floração nos últimos três séculos". Nessa abertura à arte do Extremo Oriente, Vittorio Pica vislumbrava a possibilidade de a crítica de arte ocidental, e especificamente europeia, começar a ler tal produção artística não mais ensimesmada, já que muitos artistas — Manet, Van Gogh, Mondrian, Seurat e Signac, por exemplo — sentiam a exigência de estabelecer uma espécie de "integração de culturas", ou melhor, de contaminação deliberada. O que está em jogo, então, é um intenso processo de metamorfose, de transfiguração do modo de ver-se vendo o outro. E não só, pois aquilo que lemos também nos lê. Lembremo-nos do aforismo de Murilo Mendes: "A leitura deve nos ler tanto quanto ser lida". E, ainda, segundo Clarice Lispector apontava na crônica "Em busca do outro", publicada em 1960 no *Jornal do Brasil*: "Mas sei de uma coisa: meu caminho não sou eu, é outro, é os outros". Atravessemos o Atlântico.

Em 1948, Mário Pedrosa se torna membro da Associação de Críticos de Arte (Aica) e em 1957 passa a vice-presidente da entidade. Nesse período, ele ganha uma bolsa da Unesco para uma viagem de estudos ao Japão, e ali permanece por quase dez meses, entre os anos de 1958 e 1959. Como processo dessa experiência, escreveu alguns ensaios sobre a relação da arte japonesa com a arte contemporânea ocidental, cujas publicações aparecem no *Jornal do Brasil*, naqueles mesmos anos. Em 1959, Pedrosa publica no jornal carioca o artigo "Tradição e crítica no Japão e no Ocidente", e ali estabelece relações entre a atuação do crítico ocidental e do crítico oriental, que *a priori* parece ser simétrica, porém, de acordo com o que ele sublinha: "As coisas verdadeiras raramente são simétricas. Logo, há qualquer coisa de errado nesta atitude de oposição simétrica em que se colocam os críticos do Ocidente e do Japão" (Pedrosa, 2000, p. 320). Importante analisarmos a passagem em que o autor postula seus pontos de insurgência sobre ambos os críticos:

> O crítico ocidental é sempre mais radical nas suas opiniões, e muitas vezes nas suas reações, que seu colega japonês, e por conseguinte é menos próximo da sabedoria. Se, numa sala de exposição ou numa galeria de Tóquio, por exemplo, ele se vê diante de um quadro de pintor deste país (jovem ou velho), ainda preso às soluções cubistas ou fauvistas, cuja palheta derive ainda da gama de Matisse ou da pasta de Soutine, ou que tome para as suas figuras o arcabouço torcido das construções picassianas ou as enigmáticas alusões de um Klee e suas manchas cromáticas, passa por ele sem parar e por vezes mesmo sem poder esconder a impaciência. Por outro lado, está pronto a examinar com maior boa vontade todo trabalho que se apresente aos seus olhos como uma tentativa direta ou longínqua de continuar, de maneira pessoal ou original, a tradição japonesa ou o "estilo" autóctone. Para ele, é aqui que se encontra o "novo", o "moderno". É de se perguntar se não há nisso algo de gosto pelo exótico a influir inconscientemente no julgamento desse crítico.
>
> Quanto ao crítico japonês, se não se mostra tão impaciente quanto nós em relação à sua própria tradição acadêmica, talvez seja por ser menos apaixonado que nós; mas será principalmente porque a tradição contra a qual ele esbarra foi superada não por um movimento revolucionário autóctone, mas pela invasão de uma arte inteiramente estranha à cultural oriental. Na Europa, o academismo foi derrotado e expulso do campo da arte viva sob o signo das mais velhas

> tradições da arte europeia, a arte românica, o gótico, o bizantino, os primitivos italianos, espanhóis, franceses etc. Aqui, pelo contrário, a luta contra a tradição acadêmica não se fez em nome de uma arte mais antiga, mergulhada nas profundezas da história nacional. A "modernidade" foi importada, desta vez, não mais de uma das mais antigas fontes nutrizes da cultura japonesa, isto é, a China, mas de uma fonte inteiramente nova, logo "bárbara", relativamente à civilização do país (Pedrosa, 2000, p. 322).

Ou seja, enquanto na Europa ocorre uma revolta contra a "sensibilidade suprimida", operada pelo pensamento racionalista — provocando uma "redescoberta das fontes perdidas da arte" —, no Japão a arte entrava em contato com novas técnicas, e nessa nova "aquisição técnica", segundo Mário Pedrosa, estava um "modo de ver e de sentir inteiramente novo, que aparentemente nada tinha de comum com as velhas tradições artísticas do país nem com a sensibilidade nacional" (Pedrosa, 2000, p. 322). Nessa relação conflituosa, há em cena, ao mesmo tempo, forças que condenam a ocidentalização do Extremo Oriente, como se o surgimento de novas técnicas na arte japonesa representasse um abandono de seu lado arcaico, e forças que buscam contatos e contaminações como modo de leitura *transversal* e *oblíqua* da tradição e da vida moderna. Pedrosa, com muita agudeza, destaca um ponto que não escapará às formas de operação e crítica de então, os quais estão "iludidos" "e, caso se pergunte por quê, talvez se possa responder que é porque, 'ocidentais' ou 'japoneses', todos esses críticos estão à procura de um *a priori*":

> Os primeiros querem descansar, na contemplação dos quadros do estilo *nihonga*, das "fealdades" e das "violências" europeias; os segundos fogem a todo vapor de qualquer coisa que lhes possa parecer "fraqueza" ou do que consideram como certas "qualidades femininas" da arte japonesa — a delicadeza, o decorativo, a perfeição do acabamento, a pureza do desenho ou da composição (Pedrosa, 2000, p. 322).

Em última análise, o *a priori* descarta que na traduzibilidade entre culturas há sempre alguma coisa que escapa e que se encontra sempre por vir. E, no próprio movimento de transfiguração da vida, conjugada como arcaica e moderna ao mesmo tempo, e não como uma sucessão cronológica do antigo ao novo, é que se inaugura o Museu Chiossone, de Gênova, em 1905. Vittorio Pica logo passa a admirar a qualidade singular da coleção do lugar, pois continha inúmeros objetos de arte do Extremo Oriente, os quais Edoardo Chiossone (1833-1898) havia doado à cidade. Chiossone nasceu em Arenzano, na província de Gênova, e realizou seus estudos na Academia Linguística de Belas-Artes, tornando-se professor e gravurista. Começou a trabalhar na Officina Carte e Valori e Francobolli del Ministero delle Finanze Giapponese, em Tóquio, no ano de 1875. A coleção do Museu Chiossone é uma das mais importantes de arte oriental da Europa. Também em 1905 (ano da inauguração do local), Vittorio Pica escreve para a revista *Emporium* o artigo "*Il Museo Chiossone a Genova*", no qual apresenta a quantidade e a qualidade das mais de três mil obras da coleção. O artista destacou a importância das pesquisas e da disposição do pintor Alfredo Luxoro, quando organizou a coleção japonesa no Museu Chiossone, pois "foi ele [Luxoro] quem desenhou as decorações naturalistas de acentuado caráter japonês, além das vitrinas e molduras de madeira nobre, nas quais estão dispostas em perfeita ordem as pinturas, esculturas, estampas, tecidos, cerâmicas, lacas, armaduras, instrumentos musicais e todos os objetos minúsculos" (Pica, 1905, p. 474). Vittorio Pica, nos anos seguintes, continua transfigurando os espaços de sua crítica sobre a arte do Extremo Oriente, em outros números da revista *Emporium.* Suas reflexões sobre a arte japonesa, em 1907, ganham ainda mais espaço no catálogo *L'arte giapponese al Museo Chiossone di Genova* (que se vê na imagem abaixo), publicado em Bérgamo pelo Instituto de Artes Gráficas, com texto crítico e 326 imagens.

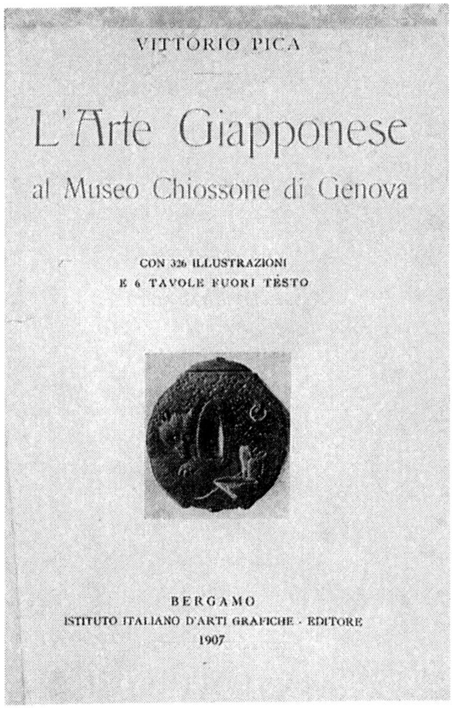

VITTORIO PICA

L'Arte Giapponese

al Museo Chiossone di Genova

CON 326 ILLUSTRAZIONI
E 6 TAVOLE FUORI TESTO

BERGAMO
ISTITUTO ITALIANO D'ARTI GRAFICHE - EDITORE
1907

Em 1895, Vittorio Pica, ao lado de Antonio Fradeletto e Riccardo Selvatico, este então prefeito de Veneza entre 1890 e 1895, passa a atuar no projeto de fundação da Bienal de Veneza, ocorrida oficialmente naquele mesmo ano. O artista sempre se fez presente em suas primeiras edições, testemunhadas não apenas nos textos sobre as nove primeiras exposições, de 1895 a 1910, mas também como figura política desde seus primeiros anos. Foi vice-secretário das Bienais de 1912 e 1914, além de secretário-geral de 1920 a 1926. Durante esse período, desempenhou um papel crucial na expansão e internacionalização do evento. Foi responsável por criar uma perspectiva mais cosmopolita dele, levando para Veneza artistas e obras de várias partes do mundo. Também foi fundamental na inclusão de novas formas de arte na Bienal, como as artes decorativas e a arquitetura, ampliando o escopo e a relevância do evento. E todo esse movimento se dá, ao mesmo tempo, em conjunto com outras atividades igualmente fundamentais para a crítica artística e literária de então.

Vittorio Pica segue aprofundando, nesses anos, seu papel como crítico literário e tradutor, tornando-se responsável por divulgar na Itália as obras dos poetas simbolistas e decadentistas franceses. No entanto, não deixa de nos surpreender a abordagem extremamente aristocrática em tais escritos literários, como se fossem uma espécie de contraparte aos estudos sobre a arte japonesa. Importantes, nesse sentido, são as publicações *All'avanguardia* (1890) e *Letteratura d'eccezione* (1898).

Em *All'avanguardia*, o autor reúne uma série de ensaios em que analisa as vanguardas literárias e artísticas da Europa, com uma leitura singular acerca dos movimentos simbolista e decadentista em ascensão na França. Foi um dos primeiros críticos italianos a reconhecer e promover a relevância desses grupos, destacando a originalidade e o espírito "ultra-aristocrático" das obras e autores que admirava. "Arte aristocrática" é a expressão que Pica utiliza em referência ao espírito marcadamente "ultraexcepcional" e "ultra-aristocrático" de autores dignos de fazer parte desse grupo elitista, como Stéphane Mallarmé, Paul Verlaine e Joris-Karl Huysmans. Na concepção de Vittorio Pica, a Arte é uma forma artística suprema e apreciada por poucos. Em suas coleções de ensaios, *All'avanguardia* e *Letteratura d'eccezione*, o artista revisita a questão da relação entre a cultura italiana e a vanguarda literária europeia. Por meio de uma crítica refinada, expressão de uma "arte aristocrática", ele busca superar a atitude hostil da crítica precedente aos seus estudos, que havia sido capaz apenas de perceber os aspectos falhos da arte decadente, demonstrando um afastamento radical do estilo eminentemente cronístico, típico dos ensaios de Giuseppe Depanis, Edmondo de Amicis e Édouard Rod — principais expoentes da difusão do decadentismo na Itália. Todos vieram antes de Vittorio

Pica, nas primeiras tentativas de difundir o decadentismo no país e de formular "um primeiro e despreparado julgamento" sobre a obra de autores ainda desconhecidos do público. No entanto, o que era compreendido como aspecto falho (de acordo com a perspectiva crítica de seus contemporâneos) se torna para Vittorio Pica o ponto de excepcionalidade da poética desses autores.

Em 1884, um acontecimento acaba sendo vital para que o crítico de arte continuasse os movimentos em direção ao estrangeiro: ele passa a ser correspondente oficial da França para a revista napolitana *Napoli Letteraria* (1884-1887). A divulgação dos escritores franceses na Itália, além do mais, é promovida pelos números de *La Rivista Europea* (1869-1882), *Cronaca Bizantina* (1882-1886) e *Il Marzocco* (1896-1932). Durante os sete anos dessa intensa atividade jornalística, Pica escreve e publica também artigos em revistas de Milão, como *Il Pugnolo della Domenica* (1883-1885) e *Conversazioni della Domenica* (1886-1887).

Outro ano extremamente marcante para o crítico é 1885, pois é quando ele visita Paris e conhece Stéphane Mallarmé, Joris-Karl Huysmans, Auguste Villiers de L'Isle-Adam e Paul Verlaine. A amizade com Mallarmé é tal, que em 1886 o poeta francês lhe concede a permissão para publicar o poema em prosa inédito "*L'Ecclesiastique*", dois anos antes de sua publicação na *Revue Indépendante* (1884-1895). Esse período marca uma virada crítica para Vittorio Pica, que passa das teorias do romance naturalista para as do decadentismo, ou seja, como havia ocorrido anteriormente, nos anos dedicados à arte japonesa e à Bienal de Veneza, ele segue em busca de descentralização, seja no campo da arte, seja no campo da crítica literária. Seus estudos sobre a corrente simbolista e decadente são publicados na *Cronaca sibarita* (1884-1885), *Revue Contemporaine* (1852-1886), *Revue Indépendante* e *Revue des Deux Mondes* (fundada em 1829 e ainda em atuação). Através dessas revistas, o autor apresenta aos leitores os primeiros perfis literários dos mais conhecidos artistas da época e divulga, ao mesmo tempo, a literatura francesa na Itália por meio das traduções de textos literários franceses para uma língua recém-fundada, ou seja, o italiano — porém com traços marcadamente napolitanos. Ainda em 1885, ele publica na *Gazzetta Letteraria* ensaios sobre os modernos bizantinos, literatos e decadentes revolucionários, que não tinham à época nem traduções, nem estudos críticos na Itália. Em *Letteratura d'eccezione*, lemos uma passagem em que se destacam os procedimentos que estavam em jogo tanto nas críticas voltadas à arte japonesa quanto nos estudos em contato com a literatura simbolista francesa por meio do gesto da tradução, como maneira de ler a transitoriedade das formas: traduzibilidade e anacronismo.

> Na literatura francesa, observa-se há algum tempo uma curiosa e interessante floração de obras bizantinas, que, tendo suas raízes nos livros estranhos ou genialmente pessimistas de Edgar Allan Poe e Arthur Schopenhauer, oscila entre o impressionismo neurótico dos Goncourt e o catolicismo sádico de Barbey d'Aurevilly, entre a serenidade plástica de Flaubert, Gautier, Leconte de Lisle e a psicologia patológica e satânica de Baudelaire (Pica, 1987, p. 191, tradução nossa).

Em outras palavras, quem foi, portanto, Vittorio Pica? Um sujeito singularmente anacrônico e paradoxal. Um crítico de exceção, de gestos um tanto paródicos.

REFERÊNCIAS

D'ANNUNZIO, Gabriele. *Pagine sull'arte*. Organização de P. Gibellini. Milão: S. Fugazza, Abscondita, Milano, 2012.

PEDROSA, Mário. *Modernidade cá e lá*. Organização de Otília Arantes. São Paulo: Edusp, 2000.

PICA, Vittorio. *L'arte dell'Estremo Oriente*. Turim, Roma: L. Roux e C. Editori, 1894.

PICA, Vittorio. Il Museo Chiossone a Genova. *Emporium*, Bérgamo, v. 22, n. 132, p. 473-476, 1905.

PICA, Vittorio. *Letteratura d'eccezione*. Gênova: Costa & Nolan, 1987.

O gesto paródico

"Apenas um garoto ouve minha voz.
E o mundo fala de mim: árido bem."

[SANDRO PENNA, *Cruz e delícia*, 1958]

Elsa Morante (1912-1985) realizou um gesto singular na literatura italiana do entreguerras e do pós-Segunda Guerra Mundial. Ao contrário de dar destaque às estruturas objetivas da realidade, sua escrita as fragmenta, como se desejasse traduzir, de alguma forma, os horrores ainda presentes no pós-guerra, com suas misérias, ruínas e cadáveres, não a partir de uma narrativa colada à realidade, mas ao mundo dos mitos e das fábulas. Elsa parecia postular que o real jamais se deixa simbolizar, ou seja, o real resiste a se tornar símbolo, visto que é habitado por figurações, por aquilo que não se deixa capturar, e ainda: por translações de sentidos. Além disso, as figurações de seus textos parecem nos dizer que não há cura nem redenção para os sujeitos atravessados pelas violências da História.

Morante começou a escrever ainda na infância, em Roma. Com apenas 6 anos de idade, registra num caderno escolar sua primeira narrativa, que trazia como título "O meu primeiro livro" e como subtítulo "Narra a história de uma boneca". Em sua juventude, continua a escrever fábulas e pequenas narrativas, publicando-as no *Corriere dei Piccoli: Supplemento Illustrato del Corriere della Sera*, *Diritti della Scuola*, *Oggi*, *Cartoccino dei Piccoli*, quase sempre acompanhadas de desenhos feitos por ela ou por sua amiga Luisa Fantini.

Essa experiência de soleira, entre escrita e imagem, irá sobreviver em Morante ao longo de sua vida. A escritora sempre teve a preocupação de escolher as imagens para as capas de seus livros, publicados, em maioria, pela prestigiosa editora Einaudi. Nelas podemos ver pinturas na íntegra ou em fragmentos, de artistas como: Marc Chagall, Francisco Goya, Van Gogh, Renato Guttuso e Bill Morrow. No entanto, havia em tais escolhas alguma coisa bem mais complexa do que uma simples seleção de uma imagem meramente ilustrativa para a história narrada. A translação reflexiva entre texto e imagem ecoa como uma tentativa de provocar uma complexa relação dialética. Elsa Morante, sabemos, nutria uma profunda admiração por Marcel Proust, autor que muito se fez presente nos apontamentos de Walter Benjamin. Numa dessas anotações, em *Passagens*: "Assim, em Proust, é importante a mobilização da vida inteira em seu ponto de ruptura, dialético ao extremo: o despertar. Proust inicia com uma apresentação do espaço daquele que desperta" (Benjamin, 2018, p. 769). Walter Benjamin refletiu ao longo de toda sua vida a questão do despertar e o fez com muita intensidade, na companhia de Marcel Proust. O despertar, assim como a "virada copernicana", é "o instante das cognoscibilidades", quando as coisas se dilatam na pressão de uma dialética paradoxal, a dialética em *Stillstand*, a dialética em estado de demora, *de-morada*, com suas hospitalidades e hostilidades, como depois chegará a tensionar ainda mais Jacques Derrida. Voltarei a essa questão no que diz respeito à obra *A ilha de Arturo*.

O primeiro livro da autora, *Il gioco segreto: nove immagini di Elsa Morante*, publicado em 1941 pela editora Garzanti, traz uma seleção de vinte contos cujos universos são orbitados por fenômenos patológicos e sádicos, apontando alguma coisa extremamente sintomática, como uma espécie de centro descentrado, entre coagulação e irradiação, em cada uma de suas experiências: refiro-me à obsessão pelas metamorfoses. *Il gioco segreto* é um livro profundamente marcado pelos textos de Kafka, o qual irá chamar a atenção do crítico Giacomo

Debenedetti. Os anos 1940 — além de serem extremamente traumáticos por causa da guerra — marcaram profundamente a vida da escritora. Ainda em 1941, ela se casa com o escritor Alberto Moravia, com quem viveu uma grande paixão — atravessada, no entanto, por constantes crises, visto que ele já era reconhecido nacional e internacionalmente, e ela desejava viver sua liberdade fora da sombra do companheiro. A partir da relação com Moravia, Elsa conhece Pasolini, Umberto Saba, Sandro Penna, Attilio Bertolucci, Enzo Siciliano e Natalia Ginzburg, que deixaram marcas singulares em sua vida e em suas narrativas.

Em 1948, Morante publica seu primeiro romance, *Menzogna e sortilegio*, pela Einaudi. O livro teve como primeira leitora Natalia Ginzburg, que naqueles anos trabalhava na editora. Foi recebido com entusiasmo pela amiga. Além disso, teve a indicação e defesa de Giacomo Debenedetti, para que vencesse, no mesmo ano, o prêmio Viareggio. Apesar da premiação, o romance provocou certo estranhamento e incômodo em alguns críticos então renomados, ainda mais naqueles anos em que muitos escritores buscavam confrontar e traduzir tantas catástrofes, como se movidos pela obrigação de responder imediatamente à necessidade de engajamento político. Porém, a estratégia adotada por Morante passava por outros caminhos e desvios. Conforme lemos numa passagem do romance: "A negação da realidade em troca de um mundo larval". Como poderíamos ler tal imagem? O crítico Alfonso Berardinelli, que foi, quando jovem, muito próximo à escritora, aponta no ensaio "A narrativa italiana após 1945":

> Era difícil, porém, entender um livro como aquele. À primeira vista, parecia realismo oitocentista, e, no entanto, era uma espécie de sonho de olhos abertos, uma alucinação: realismo e folhetim reelaborados por uma menina de gênio que havia lido Dostoiévski e *As mil e uma noites*. O romance se transforma no sonho do romance, na fábula do romance, em um tempo e um espaço indefinidos, talvez na Sicília, talvez entre 1890 e 1910 (Berardinelli, 2007, p. 47).

Essa não conciliação gerou mal-estar em muitos leitores (mas também encantamento!), pois as narrativas de Morante traziam rastros de romances de estrutura clássica, em aparência, quando à época havia um intenso debate na Europa sobre a crise e a morte do romance[15]. Portanto, o anacronismo deliberado presente na literatura de Elsa Morante reescreve certos mitos, ou melhor, lhes dá um novo uso, para que a realidade seja transladada por meio da presença de um passado arcaico que se reconfigura, transfigurando com força singular o presente.

Ainda pela editora Einaudi, Morante publica *A ilha de Arturo (memórias de um garoto)*, em 1957, o qual foi lido pela crítica literária com muito entusiasmo, sobretudo porque a escritora, durante os anos da guerra e no imediato pós-guerra, apontou para os leitores um novo modo de *transler* a realidade. O livro recebe o famoso prêmio Strega, no mesmo ano. A singularidade do romance, porém, não se encontra apenas no que revela, mas também, e especialmente, no que oculta. Há nele um jogo secreto. Tentemos acompanhar o movimento de algumas peças.

Morante inscreve uma advertência logo no início do livro, na qual lemos que tudo nele segue o "arbítrio da imaginação" e não "se refere nem a lugares, nem a fatos, nem a pessoas reais". A escritora parece querer responder a uma exigência: a de não se dobrar necessariamente a uma poética neorrealista. Não sabemos de quais espaços nascem suas personagens, visto que não estão ancoradas de forma objetiva na realidade, não são personagens totalmente "impressionistas" (por mais que nos seduzam por suas belezas), e, se lá se encontram, é para tocar a realidade por meio de um mistério, de alguma coisa inapreensível — e tal procedimento é

---

15 Alfonso Berardinelli, em "A narrativa italiana após 1945", escreve: "Escrever romances de estrutura (aparentemente) clássica quando se falava da crise e da morte do romance era ir contra a corrente. Mas, mesmo na época do Neorrealismo, a narrativa de Elsa Morante não estava em sintonia com seu tempo" (Berardinelli, 2007, p. 47).

vital nas experiências dessa escritora que parodiava não apenas um livro específico, mas também a própria literatura, como tão bem ressaltou o filósofo Giorgio Agamben. Nesse sentido, *A ilha de Arturo* traz, ao mesmo tempo, rastros de elementos míticos, fabulares, de romances de aventura e de formação, como se desejasse embaralhar as cartas, redistribuí-las, visando, em última análise, o humano[16]. Aliás, procedimento semelhante ao de seu caro amigo Pier Paolo Pasolini, conforme este argumenta numa entrevista:

> No que diz respeito à palavra "realismo" — outra palavra que se tornou insuportável nesses últimos anos —, jamais é a representação de um ambiente social e de seus problemas; realista — real em outras palavras — é o artista que sabe conhecer de modo mais autêntico e preciso os outros homens (Pasolini, 2015, p. 30, tradução nossa).

No caso do livro da Morante, poderíamos acrescentar que essa força do humano se encontra na infância e na juventude, na imagem do *fanciullo* — imagem muito cara, aliás, à poética de alguns poetas admirados por Elsa, especialmente a de Sandro Penna, Umberto Saba e Pasolini. Numa entrevista publicada em 24 de março de 1952, em *L'Unità*, Morante fala do desejo de escrever dois romances:

> Sim, gostaria de publicar dois romances ao mesmo tempo, com o único título *Dois amores impossíveis*. O primeiro, *A ilha de Arturo*, narra a história de um jovem que, durante a prisão na África, se lembra de sua bela ilha Prócida e do

---

16 Numa carta a Italo Calvino, datada de 31 de outubro de 1956, como resposta à correspondência do amigo, Elsa escreve: "Caríssimo Calvino, agradeço-lhe por todas as outras coisas que me disse, e especialmente por esta: que em meus escritos você sente a simpatia e a admiração pelo gênero humano. É verdade, de fato, que sempre mais, envelhecendo, sinto esse sentimento de simpatia — e, quanto a uma verdadeira antipatia por alguém, acredito que, no fim, será para mim quase impossível" (Morante, 2012, p. 291, tradução nossa).

> amor impossível ali vivido. O outro, *Nerina*, narra a história de uma garota que ama apaixonadamente a dança e que morre quando está prestes a realizar seu sonho. Do mesmo modo, ela tem um amor impossível (Morante, 1990, p. LIX, tradução nossa).

A questão do amor impossível representa uma luminosa constelação em *A ilha de Arturo*. O romance narra a evocação da infância, transcorrida na ilha de Prócida, por parte de Arturo Gerace, que é órfão de mãe desde o nascimento e sente certo fascínio ambivalente pelo pai Wilhelm, o qual está quase sempre ausente. O garoto, no entanto, é acolhido pela madrasta Nunziata, pela cadela Immacolatella, pelo "babá" Silvestro, pela própria ilha, bem como pelo mar, já que "o movimento do mar era um beijo, correndo rumo à ilha". Arturo sente ciúmes (um ciumento universal!) da relação do pai com a jovem madrasta e, num primeiro momento, desta com o meio-irmão dele, Carminiello, o qual, no decorrer da narrativa, se mostrará como sintoma do "amor impossível" que Arturo sente por ela: "Entre todas as mulheres que existiam no mundo, se havia uma mais impossível que qualquer outra para mim, vetada a meu amor por uma proibição suprema, essa mulher era N.: minha madrasta, esposa de Wilhelm Gerace!". Por isso, a criança busca distanciar-se dessa batalha sentimental, cadastrando-se como combatente voluntário em outra guerra, na África. Portanto, há em jogo uma espécie de translação de sentido: Arturo é um Édipo ainda mais terrificante, uma vez que, ao contrário da errância pela imensidão do deserto, encontra-se enclausurado numa ilha igualmente deserta: "Quando vim aqui para Prócida da primeira vez — começou então a contar, acompanhando a recordação com um trejeito —, percebi imediatamente (e aliás eu sabia disso antes mesmo de desembarcar) que esta, para mim, era uma ilha deserta!".

Assim, a ilha produz uma erupção em sua vida, uma necessidade de fuga, de exterioridade — a viagem para a guerra na África —, mas, como todo mito situado numa ilha, volta-se para sua fundação mais radical, para uma interioridade — de uma mãe morta, que se faz presente em outro corpo, ao mesmo tempo frágil e forte, e de um pai ausente, misterioso, que ama outro homem, igualmente encarcerado na prisão da ilha:

> Quanto à presente e enigmática tragédia de Wilhelm Gerace, dir-se-ia que essa tragédia para ela [a mãe de Arturo] — assim como todos os outros segredos do esposo — tinha lugar numa espécie de teatro mítico cujos símbolos e sinais eram estranhos à sua simples realidade. Para um espectador profano, analfabeto como ela, seria não só vão e fútil, mas também desrespeitoso tentar qualquer explicação sobre a obscura lenda representada. Intervir nela, ademais, seria uma extravagância até ímpia. Por fim, seria verdadeira criancice insensata angustiar-se seriamente pelo grande protagonista que ali, em seu cenário irreal, desempenha o próprio mito imperscrutável e necessário (Morante, 2019, p. 229).

A traduzibilidade aí em questão aponta que a prisão situada na ilha é reflexo da própria ilha enquanto cárcere: ""Há cerca de duzentos anos, o castelo foi transformado em penitenciária: uma das maiores, acredito, de toda a nação. Para muitas pessoas que vivem longe, o nome de minha ilha significa o nome de um cárcere" (Morante, 2019, p. 13). Há, então, uma forte relação entre mito e história em *A ilha de Arturo*, cuja força de coagulação e de irradiação se encontra em cada uma das figuras do romance.

Elsa Morante profana a estrutura clássica do *Bildungsroman* e apenas intui, como bem observado pela crítica Graziella Bernabò, no livro *La fiaba estrema: Elsa Morante tra vita e scrittura*: "A absurda experiência bélica de Arturo elimina completamente a estória do cárcere, preferindo nos restituir o encanto da evocação não apenas de seu cotidiano real em Prócida, mas também, e sobretudo, o amável sonho sucessivo, e a consequente marca mística, de sua vida na ilha" (Bernabò, 2012, p. 124, tradução nossa). A ilha, em outras palavras, como espaço mítico, é "uma escolha arriscada, porque não há saída de uma ilha sem a travessia pelo mar materno, ou seja, a passagem da pré-história infantil em direção à história e à consciência", como escreve Elsa na contracapa da edição da Einaudi ("Struzzi", 1975). Dessa forma, na relação ambivalente entre mito e história há muitos pontos de contato e de contágio entre os mundos de Elsa Morante e de Cesare Pavese, escritor, poeta e tradutor lido com muito ímpeto pela escritora, à época em que ela estava compondo *A ilha de Arturo,* entre 1952 e 1956. Portanto, é sintomática a escolha da imagem da capa da primeira edição do livro: Elsa escolhe um detalhe da pintura *Rapaz adormecido no barco,* de Renato Guttuso (1911-1987), em que se vê um homem dormindo na proa de um barco, ou seja, uma imagem que evoca, ao mesmo tempo, o espaço de soleira, entre realidade e sonho.

Voltemos à questão: de quais espaços surgem as personagens de Elsa Morante? É possível ouvir um balbucio de vozes provenientes de muitas escritas, e estas são tão vastas, que citá-las seria uma maneira de apreendê-las como um todo, como uma origem — isto é, colocar em evidência a noção de sistema, cujas fundações sempre foram combatidas por Morante, especialmente nos ensaios de outra obra sua, *Pró ou contra a bomba atômica*. Em "As personagens", um dos pequenos ensaios que compõem a série "Vermelho e branco", Morante convoca três figuras fundamentais, movida pelo desejo de parodiar a literatura: o Grego da Idade Feliz (Aquiles), Dom Quixote e Hamlet. A partir deles são produzidos os híbridos por enxertos: "Naturalmente, como já mencionamos, dessas três personagens-atitudes fundamentais se originam os híbridos, produzidos por enxertos, derivações e contaminações" (Morante, 2017, p. 44)[17]. A palavra italiana *innesti* (em português, "enxertos"), escolhida por Morante, nos permite fazer uma analogia com um procedimento científico realizado tanto em cirurgias plásticas como em experiências com vegetais. Quando se enxerta um tecido de pele de um ser em outro, por exemplo, aquele que está sendo enxertado irá ser absorvido no corpo do outro (ou não). Portanto, o que era "original" passa a ter um corpo outro, estranho, e nessa nova composição de tecido original com tecido enxertado aquilo que se revela aos nossos olhos passa a ser resultado de uma ocultação, isto é, a presença de uma ausência. Não à toa, Morante diz para seu amigo filósofo Giorgio Agamben, durante uma conversa, quando este lhe informa que está escrevendo um livro que se chamaria *A linguagem e a morte*: "A linguagem é a morte". Em outras palavras, a linguagem literária não postula a simetria entre significante e

---

[17] "Assim, Orestes é uma combinação de Aquiles, D. Quixote e Hamlet. O mesmo pode-se dizer de Werther. Raskolnikov é uma contaminação entre Hamlet e D. Quixote. Adolphe é um D. Quixote enxertado em Hamlet. Oblomov é um D. Quixote enxertado em Hamlet, que queria ser o Grego da Idade Feliz" (Morante, 2017, p. 44).

significado — muito pelo contrário, visto que irá abrir espaço para translações de sentidos.

Lembremos que Morante também é autora de *La Storia*, publicado em 1974, no qual dá vida aos mortos pelas violências da História[18]. Nos manuscritos, conservados na Biblioteca Nacional de Roma, podemos ler uma indecisão da escritora em relação ao título. Primeiro, teria o título *T.U.S.* (sigla de "Tutto uno scherzo" [Tudo uma brincadeira]); depois, *Il grande male* [O grande mal]; por fim, *La Storia*, com o "S" maiúsculo. A narrativa é ambientada em Roma, durante a Segunda Guerra e no pós-guerra. Uma das personagens mais emblemáticas da narrativa é o jovem Useppe, o qual nasce justamente de um estupro sofrido pela mãe Ida, por parte de um militar nazista. O filho de Ida em pouco tempo irá manifestar o sintoma do grande mal, ou seja, passará a ter ataques de epilepsia. A escolha da doença não parece ser aleatória, porque, sempre que Useppe tem um ataque, ele não se lembra de nada em seguida. Parece indicar, assim, a impossibilidade de rememorar a vida, isto é, uma contraface de Arturo, que a rememora, porém não sem dor. Pasolini fica muito tocado com a leitura de *A História* e publica, em 1974, na revista *Tempo*, o artigo "A alegria da vida, a violência da História". Logo no início declara que: "O último romance de Elsa Morante é um poderoso volume de 661 páginas, e seu 'sujeito' é realmente aquele que diz o título, isto é, a História" (Pasolini, 1974, p. 77, tradução nossa). E qual seria o sujeito de *A ilha de Arturo*?

Essa obra, conforme nos aponta o filósofo Giorgio Agamben, no ensaio "Paródia" — dedicado ao livro de Morante —, põe em cena a paródia como seu mais singular protagonista. Na parte final do livro, acompanhamos um momento especialmente dramático,

---

[18] Escrevi sobre tal questão em: BARBOSA, Davi Pessoa Carneiro. *La Storia* de Elsa Morante: o vazio da História. *In*: STUDART, Júlia (org.). *Conversas, diferenças n.1*. Florianópolis: Editora da Casa, 2009, p. 11-27. A primeira edição brasileira de *A História* foi publicada pela editora Record, em 1974, com tradução de Wilma Freitas Ronald de Carvalho.

quando Arturo ouve o seguinte veredicto: "Teu pai é uma PARÓDIA". Portanto, inacessível, como uma espécie de Odradek, de Franz Kafka. Agamben argumenta que "o objeto que ela deveria descrever — a vida inocente, a saber, fora da história — é rigorosamente inenarrável. [...] O próprio objeto da narração é, nesse sentido, 'paródico', ou seja, está fora de lugar, e ao escritor sobra apenas repetir e mimar a sua paródia íntima. E, dado que quer evocar o inenarrável, deverá necessariamente recorrer a meios pueris" (Agamben, 2007, p. 39-40). O gesto paródico se insere, paradoxalmente, em um mundo que não o aceita, porém ele está aí de forma permanente, como ameaça, sacrificando o que não pode ser tocado, para possibilitar, ainda, o retorno de uma vitalidade. Agamben faz uma diferenciação entre paródia e ficção, compreendendo esta como o oposto simétrico daquela. Em suas palavras: "De fato, a paródia não põe em dúvida, como faz a ficção, a realidade do seu objeto — este, aliás, é tão insuportavelmente real que se trata, precisamente, de mantê-lo à distância" (Agamben, 2007, p. 46). A linguagem dos assobios entre Arturo e seu pai, que *a priori* era sinal de aproximação, torna-se, por fim, tradução de distância:

> Tinha reconhecido de imediato, no ritmo daqueles assobios, uma linguagem secreta de sinais, uma espécie de código Morse que meu pai e eu tínhamos inventado juntos, nos tempos felizes de minha infância e meninice. Usávamos aquele alfabeto de assobios para nos mandarmos mensagens à distância, durante nossos jogos marinhos do verão, e às vezes também para, num acordo entre os dois, zombar de certos tipos de ilhéus que apareciam no porto ou no café da praça, sem que eles soubessem (Morante, 2019, p. 307).

Arturo, nesse momento, depara-se com o indesejável, torna-se também órfão de pai. Nessa relação indesejável, Agamben destaca que "ao *como se* da ficção, a paródia contrapõe seu drástico *assim é demais* (ou *como se não*). Por isso, se a ficção define a essência da literatura, a paródia se põe, por assim dizer, no limiar dela, obstinadamente estendida entre realidade e ficção, entre a palavra e a coisa" (Agamben, 2007, p. 46). Arturo volta para casa atormentado e inseguro em relação ao termo "paródia", que ele ouve por meio da linguagem de assobios entre seu pai e o amante prisioneiro: "VÁ EMBORA, PARÓDIA!". Por não compreender o significado da palavra usada naquela ocasião, o rapaz busca auxílio de um velho dicionário:

> Ao longo de todo o caminho até a casa, ia repetindo comigo mesmo, para não esquecer, a palavra *paródia*, sobre cujo significado eu não estava bem certo. E, chegando em casa, fui buscá-la em um velhíssimo dicionário escolar, que havia anos estava em meu quarto: talvez já tivesse pertencido à avó professorinha, ou talvez ao estudante de Romeo Amalfitano. Na palavra *paródia* li: imitação do jeito alheio, na qual o que nos outros é sério se torna ridículo, cômico ou grotesco (Morante, 2019, p. 309).

A definição lida por Arturo, como podemos perceber, é relativamente moderna, "provém de uma tradição retórica que encontra sua consolidação exemplar no final do século XVI, em Scaligero, que dedica à paródia um capítulo inteiro de sua *Poética*", conforme nos relembra Agamben (2007, p. 38). Ou seja, há a dependência de um modelo preexistente, que deixa de ser sério e passa a ser lido como cômico. Mas é disso que se trata em *A ilha de Arturo*? Agamben nos recorda de outra acepção de paródia, mais antiga, que tem a ver com a técnica musical: "Ela indica uma separação entre canto e palavra, entre *melos* e *logos*. Na música grega, de fato, originalmente a melodia tinha que corresponder ao ritmo da palavra. Quando, na recitação dos poemas homéricos, tal nexo acaba sendo desfeito e os rapsodos começam a introduzir melodias que são percebidas como discordantes, diz-se que eles cantam *para ten oden*, contra o canto (ou ao lado do canto)" (Agamben, 2007, p. 39). Assim, poderíamos dizer que o assobio, tão familiar a Arturo (nosso jovem

Édipo enxertado em Aquiles e, por sua vez, em Robinson Crusoé), rompeu, ao fim, o nexo entre linguagem e realidade. Arturo decide, então, partir da ilha, fingir que ela jamais existiu.

Elsa Morante, a partir de cada uma das figuras de seu livro, nos convoca a participar desse jogo secreto. Estaria ela, de fato, parodiando a própria literatura? Estaria parodiando a própria História? "Parodiar a ficção (é a vocação de Elsa)", nos diz Agamben (2007, p. 46). O filósofo, em uma carta à escritora, em 1º de outubro de 1974, comenta o livro *La Storia,* que havia sido publicado naquele mesmo ano:

> Cara Elsa,
>
> Escrevo-lhe em atraso porque, por várias razões, terminei há pouco a leitura do seu livro, mas o faço sobretudo porque você é uma daquelas raras escritoras sobre a qual é difícil falar — não por faltarem coisas para dizer, mas por uma confusa e forte consciência de que apenas a gratidão e a alegria podem tornar-se uma resposta adequada. Essa impressão me surgiu, sem exceção, em todos seus livros (justamente hoje reencontrei, entre meus exemplares que ficaram em Roma, os poemas de *Alibi,* que você diz serem brincadeiras sem importância, mas que têm uma graça e uma riqueza tão forte, que sem eles o mundo seria mais escuro e triste), assim como a encontro, porém de modo diferente, neste último. Por isso, perdoe se meu discurso se limitar apenas a um ponto, que pode até mesmo parecer exterior ao livro, mas que é a única coisa, para além da gratidão e da alegria, que acredito poder lhe falar, sem desprezar um encontro futuro no qual possamos conversar. Se seu livro é único e milagroso, é também porque nele foi realizada uma descida ao mundo das criaturas de que não há exemplo na literatura deste século (por isso, cada objeção em relação à realidade e à autenticidade de suas personagens é tola e passa lateralmente pela questão). E, no entanto, é realmente esse milagre que torna sua obra, de algum modo, uma cidade fechada, uma espécie de paraíso perdido onde é difícil entrar sem a sensação de

ceder a uma ilusão. Acredito que a razão dessa dificuldade esteja em algo fundamental, o qual diz respeito à esfera que, por comodidade, poderia definir "criatural". Chamo criatura tudo aquilo que está, naturalmente e sem esforço algum, contido em Deus, e que, antes de a peste burguesa destruí-lo, se identificava com o povo, caso possamos dizer que todo povo autêntico está naturalmente em Deus. Pois bem, acredito que essa dimensão foi retirada como possibilidade de salvação e de conhecimento, porque nós a destruímos fora de nós, mas também, em primeiro lugar, dentro de nós. (A destruição dos povos e sua transformação em massa são, talvez, o maior crime de nosso tempo, o único pelo qual não existirá perdão.) Para retomar a frase de Lucas — que é, parece-me, a chave poética profunda do livro —, acredito que, assim como peca de blasfêmia o "sábio", por acreditar possuir o caminho esotérico e individual voltado a Deus, de modo análogo (mesmo se infinitamente menor) peca quem procura Deus ali onde não é mais lícito procurá-lo, ou seja, no caminho das criaturas. Em outras palavras, eu acredito que tanto a vida do "sábio" quanto a da "pequena criatura" foram aniquiladas, e o problema mais angustiante de nosso tempo é, de fato, o de reconstruir o pacto com Deus, sem passar nem pela inteligência do sábio, nem pela inocência da criatura. Naturalmente, não sei qual possa ser um terceiro caminho e nem mesmo sei se ele existe; mas sei que é de você e de pouquíssimas outras pessoas no mundo que pode vir uma ajuda em tal busca. Desculpe-me, querida Elsa, se fui impreciso. Queria, quando nos encontrarmos, me expressar melhor diante de você. Porque conservo intacto dentro de mim, desde o primeiro dia em que a vi, o reconhecimento por quem me mostrou pela primeira vez, em carne e sangue, o quanto é maravilhosa e terrível a tarefa de uma existência consagrada em cada momento da realidade.

Abraços afetuosos,
Giorgio (Morante, 2012, p. 515-516, tradução nossa).

O que Agamben nomeia como *criatural* não está distante de *figural* — questão que abordarei e aprofundarei, talvez enquanto promessa, no ensaio "Elsa Morante, leitora de Fra Angelico". E talvez esse seja o terceiro caminho que sua escritura nos propõe: as personagens de suas narrativas não são apenas desfiguradas pela ameaça desfigurante de uma realidade que sofre os efeitos da bomba atômica (o que Morante chama de "sistema da desintegração"), mas também elas se figuram e se desfiguram no movimento que não as quer ancoradas numa realidade específica. Em última análise, essas criaturas e figuras abrem um abismo que é tão misterioso quanto familiar. São uma espécie de *rastro*, como lemos no poema:

> Às personagens
>
> Vocês, Mortos, magníficos hóspedes, me acolhem
> em suas moradias reais,
> em seus livros minúsculos
> folheados graciosamente para mim.
>
> Eu sei: eu, mulher boba e bárbara,
> nada mais que sua súdita e serva.
> Mas também a fita de ouro de seus
> atos, e arrogantes amores,
> orna meu rosto servil,
> ó Sultões indolentes.
>
> Sou apenas uma abelha paraninfa
> entre vocês, flores extraordinárias e ocultas.
> Mas, sobre meus efêmeros élitros,
> também vaga um rastro restante
> de seu pólen celeste.
> E seu mel
> é todo meu! (Morante, 1958, p. 59, tradução nossa).

Nos tempos de diasporização do mundo, Elsa Morante parece ainda nos relançar a questão da herança. O que deseja nos transmitir? O que significa ser herdeiro? "Herdeiro" vem do grego *cheros*, que significa espólio, deserto, faltante, que remete a *orphanos*: órfão. O peso de ser herdeiro nos sobrecarrega, quem diz herdeiro também diz órfão. Peso para uns; alívio para outros. Peso e alívio, a um só tempo, é possível? Como desejar, então, o impossível? Como desejar e mobilizar as heranças que não formam sistemas?

Situar-se na ilha da infância é arriscar-se pelas travessias da linguagem: "Com uma determinação irremediável, sabia que para mim, daí a pouco, a ilha pertenceria ao passado". Há salvação por meio da infância?

REFERÊNCIAS

AGAMBEN, Giorgio. Paródia. *In*: AGAMBEN, Giorgio. *Profanações*. Tradução de Selvino José Assmann. São Paulo: Boitempo, 2007.

BENJAMIN, Walter. *Passagens*. Organização da edição de Willi Bolle. Tradução do alemão de Irene Aron; tradução do francês de Cleonice Paes Barreto Mourão. Belo Horizonte: Editora UFMG, 2018.

BERARDINELLI, Alfonso. *Não incentivem o romance e outros ensaios*. Tradução de Francisco Degani, Patrícia de Cia e Doris N. Cavallari. São Paulo: Nova Alexandria, 2007.

BERNABÒ, Graziella. *La fiaba estrema*: Elsa Morante tra vita e scrittura. Roma: Carocci Editore, 2012.

MORANTE, Elsa. *A ilha de Arturo*. Tradução de Roberta Barni. Posfácio de Davi Pessoa. São Paulo: Carambaia, 2019.

MORANTE, Elsa. *Pró ou contra a bomba atômica*. Tradução e prefácio de Davi Pessoa. Belo Horizonte: Editora Âyiné, 2017.

MORANTE, Elsa. Ai personaggi. *In*: MORANTE, Elsa. *Alibi*. Milão: Longanesi, 1958.

MORANTE, Elsa. *L'amata*: lettere di e a Elsa Morante. Turim: Einaudi, 2012.

MORANTE, Elsa. Cronologia. *In*: MORANTE, Elsa. Opere; CECCHI, C.; GARBOLI, C. (org.). *I Meridiani*. Milão: Mondadori, 1990. 2 v.

PASOLINI, Pier Paolo. La gioia della vita — la violenza della Storia. *Tempo*, Roma, a. 36, n. 30, p. 77-78, 26 jul. 1974.

PASOLINI, Pier Paolo. *Polemica politica potere*: conversazioni con Gideon Bachmann. Organização de Riccardo Costantini. Milão: Chiarelettere, 2015.

O mundo salvo pelos garotinhos?

> *"A alegria requer mais abandono e mais coragem do que dor. Abandonar-se à alegria significa, sem dúvida, desafiar a escuridão, o desconhecido. A juventude é tão forte quanto parece e, ao mesmo tempo, tão delicada e frágil quanto se mostra; é sua ambiguidade e sua demonicidade."*
>
> [HUGO VON HOFMANNSTHAL, *O livro dos amigos*]

Quais efeitos um corpo produz em outro corpo, em outros corpos? Um corpo, enquanto signo, além dos vários sentidos que pode transmitir, é também um efeito. Este é "o vestígio de um corpo sobre um outro, o estado de um corpo que tenha sofrido a ação de um outro corpo: é uma *affectio*". Os afectos são "passagens, devires, ascensões e quedas, variações contínuas de potência que vão de um estado a outro", do prazer à dor, da tristeza à alegria. Assim, os signos são ambivalentes, flutuantes, tendo em vista que podem ser, ao mesmo tempo, potências aumentativas e servidões diminutivas. Os signos são estados de corpo (afecções) e variações de potência (afectos), são "ideias inadequadas e paixões". Há corpos que nos dão alegria e aumentam nossa potência, portanto são nossa *conatus*, ou seja, a força, o impulso ligado ao nosso desejo de ser, de ser mais. Gilles Deleuze, filósofo leitor de Baruch Spinoza, por fim, define a *Ética* da seguinte forma: "É um livro aéreo, de luz, que procede por relâmpagos" (Deleuze, 1996, p. 70).

Jacques Lacan dizia que, quando nos encontramos na cotidianidade da realidade, ficamos todos um pouco adormentados, mergulhados no sono dela. O choque com o Real, assim, nos desperta desse sono — despertar jamais pacífico, visto que traumático e cintilante, pois se dá sempre em momento de perigo. Despertar provocado por um desejo, um desejo que bate à porta, como nos dizia, por sua vez, Freud. Em outras palavras: uma abertura de *mundus.*

Giorgio Agamben, em 2019, profere uma série de conferências no Palácio Serra de Cassano, em Nápoles. Na conferência intitulada *Arqueologia*, o filósofo pretende, como ele mesmo ressalta, dar novas considerações à noção acerca disso. Para que possa colocar a vida do pensamento em translação, move-se por meio de um ponto de insurgência singular: lembra-nos do ensaio do linguista francês Joseph Vendryes, "*La famille du latin mundus 'monde'*", publicado em 1913. O termo *mundus*, em latim, designava, *a priori*, uma abertura circular cujo espaço colocava em comunicação o mundo dos mortos com o mundo dos vivos. Conforme nos informa uma das lendas referentes à fundação de Roma, relembrada por Agamben, Rômulo ordena cavar um *mundus* circular, e cada integrante de sua comitiva lança um punhado de terra de sua terra de origem, ou seja, lança um punhado de vidas passadas. Três vezes por ano esse *mundus* era descoberto — tal espaço mantinha-se sempre coberto com uma pedra —, e nessas ocasiões se interrompiam todas as atividades públicas, pois era o momento em que os mortos do passado emergiam no presente. Dessa forma, uma pesquisa arqueológica, aponta-nos o filósofo, visa sempre esse momento de abertura. No instante de abertura do *mundus*, passado e presente se tornam contemporâneos, isto é, durante o próprio gesto singular de abertura. Poderíamos dizer: uma irrupção do Real, um vulcão em erupção.

Elsa Morante, na cultura italiana, é uma erupção. Em 1968 (ano vorticoso), a escritora publica *Il mondo salvato dai ragazzini e altri poemi.* Nessa experiência, uma ferida é exposta, que, por sua vez, não está de forma alguma apartada das feridas do mundo (movimentos estudantis de 1968, golpe de Estado italiano em 1964, tentativa de execução do *Piano solo*[19], manifestações contra a guerra do Vietnã, em 1967). Essa ferida é causada, aliás, pelo efeito vital entre seu corpo e o do jovem artista Bill Morrow — pintor nova-iorquino muito ligado à *beat generation* —, que Elsa conhecera em 1959, quando o rapaz tinha apenas 23 anos. A ele é dedicado *O mundo salvo pelos garotinhos.* Essa ferida também acontece pela morte prematura de Bill, que se lança de um arranha-céu, em Nova York, no ano de 1962. Tal acontecimento foi extremamente traumático para Elsa e será reelaborado por toda sua vida restante. A morte do amigo significou, no entanto, uma erupção de potência.

O livro — escrito à base de mescalina e de LSD — provoca uma grande euforia na crítica literária italiana de então, pelo fato de ser uma obra inclassificável, uma vez que extremamente fragmentária, composta de poemas, canções e de uma peça teatral (a única escrita por Elsa Morante), na qual todas essas feridas, e seus efeitos, são incorporadas.

Em ocasião do centenário de nascimento da escritora, em 2012, a editora Einaudi publica uma nova edição de *Il mondo salvato dai ragazzini,* com prefácio de Goffredo Fofi, figura singular na esfera artística da segunda metade do século XX e início do século XXI, atuando como jornalista, ativista, anarquista, crítico de cinema, de literatura e de teatro. O texto também foi publicado por ele no jornal *La Repubblica,* em 14 de julho de 2012, com o título "*Il mondo di Elsa: in quei ragazzini tutte le speranze della Morante*" [O mundo de Elsa: nesses garotinhos se encontram todas as esperanças da Morante]. Fofi, além de tudo, foi um dos fundadores, em Nápoles, da instituição Mensa dei Bambini Proletari, responsável por alimentar as

19 Tentativa de golpe de Estado, na Itália, em 1964, comandada pelo então presidente da República, Antonio Segni. O plano tinha o objetivo de ocupar instituições como o Quirinale, em Roma, e os meios de comunicação de massa — ou seja, as sedes das emissoras de TV e rádio. Além disso, pretendia desativar o Partido Comunista Italiano (PCI), deportando seus membros para uma base secreta na Sardenha.

crianças órfãs dos bairros mais pobres da cidade. Também é um dos intelectuais mais engajados, hoje, na assim chamada *questione meridionale*, de vital importância, como sabemos, para Antonio Gramsci. Na resenha, Fofi nos informa que:

> Quando o livro foi publicado, nos primeiros meses de 1968, sua amplitude e novidade não foram compreendidas completamente. Encontrava-se no coração de um movimento que, de algum modo, foi anunciado e invocado muitos meses antes pela publicação, na revista *Nuovi Argomenti*, da Canção dos F. P. (felizes poucos) e dos I. M. (infelizes muitos), que por poucos foi lida com a devida atenção (Fofi, 2012, p. 44, tradução nossa).

Outra figura que deu ouvidos ao estranho livro de Elsa Morante foi Pier Paolo Pasolini, amigo da autora. Na rubrica *Il Caos*, no semanário *Tempo*, mantida por ele entre os anos 1968-1970, Pasolini escreve uma crítica homônima, "*Il mondo salvato dai ragazzini*", na qual aponta que o livro figurou, em seu país, "um acontecimento excepcional", pois "era literariamente algo irreconhecível na tradição italiana, mesmo na mais recente", e não havia nada que "pudesse se assemelhar a ele, ou que o fizesse lembrar (um pouco de Palazzeschi, muito pouco, um pouco de formalismo russo; mas são analogias psicológicas e ultra-históricas, não culturais, e isso naturalmente torna a leitura da Morante difícil — aliás, impossível)" (Pasolini, 1981, p. 33-34, tradução nossa). A composição fragmentária realizou um profundo corte na tradição literária italiana de então. Pasolini, portanto, quis destacar a dificuldade e, até mesmo, a impossibilidade de sua leitura, além de não ter deixado de perceber que *Il mondo salvato dai ragazzini*:

> É, ao contrário, um manifesto político. Este pode falar paradoxalmente da nova esquerda que na Itália parece não poder existir, que não pode florescer, caindo de novo no velho *qualunquismo* e no moralismo complementar. Um manifesto

político escrito com a graça da fábula, com humorismo, com alegria (eis por que antes eu dizia que, se existe uma fatalidade no destino de um livro, esta é desejada pelo autor: Elsa Morante, de fato, não quis saber se graça, humorismo e alegria são sentimentos e instrumentos estilísticos, hoje, incompreensíveis). E é, portanto, árduo para um leitor e para um crítico entender como, ao contrário, o fundo desse livro seja atrozmente fúnebre, possuindo todas as obsessões do mundo moderno: a bomba atômica, a moral dos consumos e o profundo desejo de autodestruição, não mais como *flatus vocis* ou lugares-comuns, mas como elementos absolutamente originais e vividos pessoalmente (Pasolini, 1981, p. 34).

Essa abertura de *mundus* afetou Pasolini de modo profundo, afetou-o alegremente, tanto que escreve para a revista *Paragone* outra resenha sobre *Il mondo salvato dai ragazzini*. Agora, transladando-o em versos. O poema-resenha do escritor foi posteriormente incluído no livro de poemas *Trasumanar e organizzar*, cuja composição se apresenta em duas partes: "*Il mondo salvato dai ragazzini*" e "*Il mondo salvato dai ragazzini (continuazione e fine)*"[20]. O poema é longo, então cito apenas alguns versos:

Elsa não sabe, porque cabeça-dura como um asno,
com o Talmude na barriga, não sabe nem quer saber
se os homens fazem ouvidos de mercador [...]
Mas ela sabe, ela sabe, sabe bem
O que é a democracia (e o que é, ao contrário, a
social-democracia):

---

[20] Pasolini, em resposta a uma carta da poeta calabresa Maria Franco — que tinha lhe enviado uma correspondência em seu nome, porém por intermédio de uma prima, solicitando do escritor italiano uma opinião sobre os poemas dela —, escreve: "Deixe que a poesia amadureça em você, encontrando a sua estação, depois, sem pressa, mande-me os resultados. No entanto, posso lhe sugerir alguns poetas esplêndidos: Penna, Kaváfis; o livro de Elsa Morante, *Il mondo salvato dai ragazzini*" (Pasolini, 1988, p. 685).

pois bem, os verdadeiros heróis da democracia são os I. M.!
Eles realmente são a maioria. E a maioria,
não há dúvida, é desprezível, sempre está errada...
No entanto, é por ela que nós "lutamos" (se diz assim?)
(note-se o vil plural simpático).
Ela não? [...]
Mas tu, fortunadamente, sabes o que é a DEMOCRACIA?
Teu livro tem sua GRAÇA. [...]
E tu, entre Spinoza e Cervantes: que maravilhoso anacronismo!
Maravilhosa Elsa
Um momento, um momento!
QUANTA CARIDADE EM TUA FALTA DE CARIDADE!
SIM! O HUMORISMO COMO CARIDADE, É ESTA...
A GRAÇA! (Pasolini, 2007, p. 33-42, tradução nossa).

O autor dizia que o livro havia dado à crítica literária italiana a possibilidade para "brilhar por particular genialidade", visto que a crítica à época, tal como ele a compreendia, havia literalmente "morrido". Argumentava, além disso, que os jovens italianos, nos anos 1960, corriam atrás de estúpidas batalhas, impostas pelo terror, e que, por sua vez, os velhos, por causa do mesmo terrorismo, seguiam os passos dos jovens, encontrando-se "completamente nas mãos da indústria cultural". Acrescentava:

> Mesmo a minoria dos espíritos livres tem um ar equívoco: ou seja, não é a verdadeira minoria de espíritos livres, mas tem apenas seu aspecto, suas características, seu código; na realidade, essa minoria também é automática e faz tudo aquilo que uma minoria de espíritos livres deve fazer; seus escândalos são todos, como dizer (?), preordenados, acontecem sob a bênção do gueto, ou melhor, sob a bênção do poder. Eis a questão: o livro da Morante se apresenta fora de todos esses esquemas culturais; ninguém está pronto a acolhê-lo (Pasolini, 1981, p. 33).

Pasolini e Elsa divergiam sobre muitos assuntos, mas havia um ponto que sempre partilharam: a luta contra todo e qualquer tipo de Poder. Em *Piccolo Manifesto dei Comunisti (senza classe né partito)* [Pequeno manifesto dos comunistas (sem classe nem partido)], Elsa escreve: "Numa sociedade fundada no Poder (como TODAS as sociedades que existiram e até hoje existem), um revolucionário não pode fazer outra coisa a não ser colocar-se (mesmo sozinho) contra o Poder, afirmando a liberdade de espírito [...]. É o que fizeram Cristo, Sócrates, Joana D'Arc, Mozart, Tchekhov, Giordano Bruno, Simone Weil, Marx, Che Guevara etc., etc., etc." (Morante, 2004, p. 11, tradução nossa). A liberdade de espírito, para a escritora, significava, ao modo de Spinoza, um *efeito*: "Vestígio de um corpo sobre outro, o estado de um corpo que tenha sofrido a ação de um outro corpo". Pasolini, por sua vez, numa conversa com Gideon Bachmann, diz que "nada é mais anárquico do que o poder. O poder faz o que quer e aquilo que quer é completamente arbitrário ou ditado por necessidade de caráter econômico" (Constantini, 2015, p. 126, tradução nossa). Em outras palavras: o poder mercantiliza os corpos, transformando-os em coisas, em máquinas conformistas a serviço do "sistema da desintegração". Pasolini ainda apontava que no neofascismo — ou seja, no mundo do consumo — os contestadores passam muito rapidamente a súditos, já que são capturados pelos dispositivos do Poder. O que está em jogo, assim, tanto para Pasolini como para Morante, é a ética, o desejo de figurar alguma possibilidade de liberdade.

Elsa Morante sentia uma singular paixão pelo corpo-pensamento de Simone Weil e de Baruch Spinoza. Giorgio Agamben relembra, no texto "A festa do tesouro escondido", que ela tinha "particular veneração por Spinoza", e que ele (Agamben) pôde senti-la por meio da leitura da edição italiana do exemplar da *Ética*, conservado, lido e todo anotado às margens pela escritora, que lhe fora presenteado por Carlo Cecchi, ator e grande amigo de Elsa (Agamben, 2014, p. 171). Veneração, no entanto, não significa colocar-se em total acordo. Elsa, numa nota à margem de sua edição, tece uma crítica a Spinoza — "Ah, Baruch! Lamento por você, mas aqui você não ENTENDEU" (Agamben, 2014, p. 173) — em relação à especial dignidade do animal. Agamben se pergunta: "O que Spinoza não entendeu?". E responde: "É simples: os animais são a única testemunha da existência do paraíso terrestre e, por isso, também a única prova do perdido estatuto edênico do homem" (Agamben, 2014, p. 175). Em seguida, acrescenta:

> A cisão, *a ferida* que atravessa a obra de Elsa, não é simplesmente, como em Spinoza, a lacuna das formas de vida, a pluralidade discordante dos diversos modos de exprimir a única substância. *É uma fratura que passa ao interior da própria vida e a cinde* em duas como uma lâmina finíssima segundo o seu ter permanecido no Éden ou não, ter sido contaminada ou não pela sombra da consciência. A pura vida animal (que é, obviamente, também a vida natural do homem) e a vida humana, a existência edênica e a consciência do bem e do mal, a natureza e a linguagem: eis as margens da ferida que a herança judaico-cristã assinalou no pensamento de Elsa (Agamben, 2014, p. 175).

Portanto, o que está às voltas do pensamento de Elsa é a ambivalência contida no significante *sacer*: "A parte de sombra coincide com a mitologia trágico-sacrificial que identifica na vida nua da criatura a mais absoluta inocência e a culpa mais extrema, a luz e a obscuridade" (Agamben, 2014, p. 176). Isso se fará muito presente no pensamento de Simone Weil, sobretudo quando ela reelabora a figura do bode expiatório, "em cujo sacrifício, inocência e culpa, santidade e abjeção, vítima e carrasco, fundem-se em função catártica" (Agamben, 2014, p. 177), conforme ainda nos aponta Agamben. Se o advento da escritura é o advento do jogo, então as peças se movem pelo tabuleiro a cada lance, sujeitas, ao mesmo tempo, ao êxito e ao fracasso.

Il mondo salvato dai ragazzini, além de ser uma ferida, é também um *rebus*. Elsa Morante, na nota introdutória à edição de 1971, escreve:

> A quem quiser saber, a todo custo, a que "gênero literário" pertence este livro, podemos responder apenas da seguinte maneira: é um romance de aventuras e de amor (dividido em partes e capítulos, nos quais as personagens protagonistas surgem sob diversos disfarces). É um poema épico-heroico-lírico-didascálico em versos livres e rimados, regulares e irregulares. É uma autobiografia. É um memorial. É um manifesto. É uma balada. É uma tragédia. É uma comédia. É um madrigal. É um documentário em cores. É uma história em quadrinhos. É uma chave mágica. É um sistema filosófico-social (naturalmente envolvido pelas atualidades contemporâneas, dominadas pelos ídolos atômicos e pelos conflitos humanos entre o primeiro, o segundo e o terceiro mundo; ao qual se acrescenta a lembrança de *outro* mundo: uma lembrança que dos filósofos contemporâneos é habitualmente removida) (Morante, 1971, s/p, tradução nossa).

Il mondo salvato dai ragazzini provoca uma vertigem nos leitores, pois são lançados na força dos vórtices de suas três partes: "*Addio*", "*La commedia chimica*" e "*Canzoni popolari*". Uma das peças que a escritura põe em jogo, desde sua abertura, com um *Addio* (adeus), é o subtítulo dado ao texto teatral "*La serata a Colono*", inscrito na segunda parte do livro, "*La commedia chimica*", a saber: a paródia[21]. O leitor, assim, é levado a acreditar que se trata exclusivamente de uma paródia de *Édipo em Colono*, de Sófocles. No entanto, a epígrafe que abre o texto é retirada de *Édipo Rei*: "Foi Apolo, meus amigos, o autor de meus atrozes sofrimentos". Aqui, podemos ler uma das estratégias de desvios posta em cena pela escritura da Morante:

[21] Indico a leitura do ensaio "Paródia", em *Profanações*, de Giorgio Agamben, no qual o filósofo aponta que "parodiar a ficção (é a vocação de Elsa)" (Agamben, 2007a, p. 46).

o subtítulo "paródia" nos indica ser uma reescritura de *Édipo em Colono*. Porém, ao longo do texto, nós nos deparamos com os rastros provenientes de *Antígona*.

"*La serata a Colono*" se passa dentro de um hospital psiquiátrico, aproximadamente em 1960, numa cidade no sul da Europa, à noite. Os corredores são iluminados por uma luz neon. Lembremos que Édipo, em *Édipo em Colono*, agora cego, acompanhado por sua filha Antígona, chega a uma terra estrangeira desejando saber de quem o recebe e em que lugar se encontram, pois não faz a mínima ideia, assim como não sabe o nome desse local. A questão do não saber, que marcou todas as desgraças sofridas por Édipo, em *Édipo Rei* não deixa de se fazer presente no momento de sua chegada a outro espaço. Em "*La serata a Colono*", Édipo chega ao hospital psiquiátrico sobre uma maca, amarrado, mergulhado em um "sono mórbido, e quase impudico, de velho" (Morante, 1971, p. 46). Édipo e Antígona são recebidos no hospital por um coro de *ricoverati* (pacientes), os quais, segundo o homem, não passam de fantasmas: "São fantasmas. Se estivessem vivos deixariam de olhar para nós, assustados" (Morante, 1971, p. 56). O coro, além disso, os recebe com o terrível diagnóstico: "E a casa, *kaputt*!" (Morante, 1971, p. 35-36).

Édipo e Antígona, portanto, são recebidos pelo coro com uma afirmação nada desprezível: "E a casa, *Kaputt*!". Ou seja, a hospitalidade passa a ser também uma questão de hostilidade, pois a casa "desmoronou", e em todo o hospital não há uma única maca livre em que Édipo possa descansar, não sendo possível nem mesmo colocar um colchão sobre o chão, pois, por causa da lotação, todos os espaços já estão abarrotados. Édipo, ao despertar, sente-se atordoado com a luz do sol, embora ainda seja noite. Ele vê três guardas do hospital diante dele, aos quais pergunta: "Quem é você, aqui diante de mim, latindo com três bocas e com um único corpo?". Os funcionários respondem: "Eu sou o cão com três cabeças que vigia o rio que passa sob a terra. Daqui não se passa sem documento de batismo e de sepultura" (Morante, 1971, p. 47). Édipo lhes pergunta, em seguida, se eles não viram passar um cachorro vira-lata com a marca de duas cruzes sobre a cabeça, e os três respondem que sim, informando-lhe que o animal se escondeu em meio às ruínas. Édipo, então, rapidamente lhes diz: "Peguem-no! É ele o assassino!". E os três guardas, ao mesmo tempo: "Não podemos apanhá-lo. Ele é mimético" (Morante, 1971, p. 47). O uso do significante "mimético", em tal ocasião, não é nada equívoco, pois aquilo que seria a causa de todos os males de Édipo passa a ser impossível de ser apreendido (signos vetoriais de aumento de potência). A figura supostamente original do conflito mimetiza-se diante da possibilidade de ser capturada. A escritura a rodeia, porém sem ter como encontrar uma origem que a justifique. Em outras palavras, na linguagem há uma força disruptiva do real. O que estou tentando precariamente apontar aqui é que Elsa Morante reabre o jogo diante da captura dos usos profanatórios por parte dos dispositivos de poder, colocando-nos diante de uma série de questões: como profanar o improfanável? Diante da força extremamente violenta do capitalismo, como criar um novo uso para os dispositivos de poder? Como desativar o velho uso dos dispositivos, tornando-o inoperante? Como inoperar os dispositivos midiáticos que neutralizam o uso profanatório da linguagem, quando se apropriam da linguagem como meio puro, ou seja, da linguagem que se emancipa de seus fins comunicativos, para que haja abertura para outros mundos? Enfim, como desativar os centros do Poder, deixando-os disponíveis ao impossível? A escritora nos convoca, de algum modo, a ritualizar a festa do tesouro perdido, pois quem diz festa também diz inoperância criativa e imaginativa. No acontecimento festivo, os corpos são afetados uns pelos outros.

Há um efeito inscrito no corpo de Édipo e de Antígona, ao qual Jacques Lacan, por exemplo, entre 1959 e 1960, dedicou sua atenção, quando armou a série de relações anacrônicas a partir de *Édipo Rei*, *Édipo em Colono* e *Antígona*, na obra *Seminário: a ética da psicanálise*. Em leitura atenta e minuciosa, Lacan pensa a ética da psicanálise sem vinculação à promessa de felicidade fácil, dado que dá ouvidos ao desejo, à procura do desejo. Antígona, diz Lacan, "nos faz, com efeito, ver o ponto de vista que define o desejo" (Lacan, 2008, p. 300). Ela enfrenta a lei da cidade, e seu gesto nos fascina, pois é repleto de um brilho insuportável, durante seu percurso em direção à tumba onde será encarcerada viva. "É na travessia dessa zona que o raio do desejo se reflete e, ao mesmo tempo, se retrai", pois há aí, nesse limiar, "a morte invadindo o domínio da vida, a vida invadindo o domínio da morte" (Lacan, 2008, p. 302). Ambivalência e tensão — sem conciliação, portanto. Lacan ainda nos aponta a fraqueza do pensamento de Hegel sobre Antígona, uma vez que o filósofo entendia que o conflito de seu discurso caminharia na direção de uma conciliação. Lacan se pergunta: "Qual pode ser a conciliação no final de Antígona?" [...] "A peça acaba com a maldição terminal de Édipo — Oh, jamais ter nascido! —, então como falar de conciliação num tal registro?" (Lacan, 2008, p. 303). Por não renunciar ao seu desejo, Creonte a toma como louca, e o Coro (que Lacan nomeia como os meios emocionais) a chama de cruel e selvagem, porque rompe com o sentido edulcorado de "Eu sou feita para partilhar o amor, não o ódio". Lacan acrescenta: "Que Antígona saia deste modo dos limites humanos, o que isso quer dizer para nós? — senão que seu desejo visa precisamente isto — para além da — *Até*. A mesma palavra, *Até*, serve em *atroz*" (Lacan, 2008, p. 318-319). Ou seja, para além da atrocidade, o que não significa apagar a separação em relação à atrocidade, mas fazer dela um novo uso — gesto extremamente difícil e complexo.

Em *Édipo Rei*, lembremos, há a castração do olho. Em *Édipo em Colono*, por outro lado, há a castração do olhar, isto é, Édipo primeiramente tem o olho castrado porque não suporta ver o que não agrada à sua vista, ele "aparece na nossa cultura como o 'herói civilizador' que, com sua resposta, proporciona o modelo duradouro da interpretação do simbólico", conforme argumenta Giorgio Agamben, em "Édipo e a Esfinge" (Agamben, 2007b, p. 223). Depois, em *Édipo em Colono*, a personagem tem o olhar castrado e passa a viver ainda mais tragicamente a ideia de que certas coisas se encontram sob o registro do impossível. Desse modo, seu exílio é vivido no paradoxo de ter que relacionar coisas impossíveis e inconciliáveis: é o estrangeiro, agora banido de sua terra natal, com seu corpo dilacerado, transformado, ao mesmo tempo, no "confim sagrado da cidade de Atenas", onde o bode expiatório é finalmente sacrificado.

Giorgio Agamben, em "*La festa del tesoro nascosto*", ainda relacionando o pensamento de Elsa Morante ao de Spinoza, refere-se à cruz-árvore inscrita na "Canzone", em *Il mondo salvato dai ragazzini*. Chama sua atenção a didascália presente sob o nome de Spinoza — *a festa do tesouro escondido* —, que se torna um grande enigma para o filósofo: "Várias vezes me perguntei qual seria o significado dessa fórmula especial. Do que se trata? E qual tesouro está escondido?". E, na seguinte anotação, que não é senão um *rebus*, Agamben busca ler alguns rastros:

> Algum indício para uma resposta está contido no escrito sobre o Beato Angelico, em que se fala da relação entre a luz e os corpos. [...] A "festa do tesouro escondido" é, portanto, o tornar-se visível, nos corpos, da alquimia da luz. E esta alquimia é, na mesma medida, uma espiritualização da matéria e uma materialização da luz (Agamben, 2017, p. 135-136).

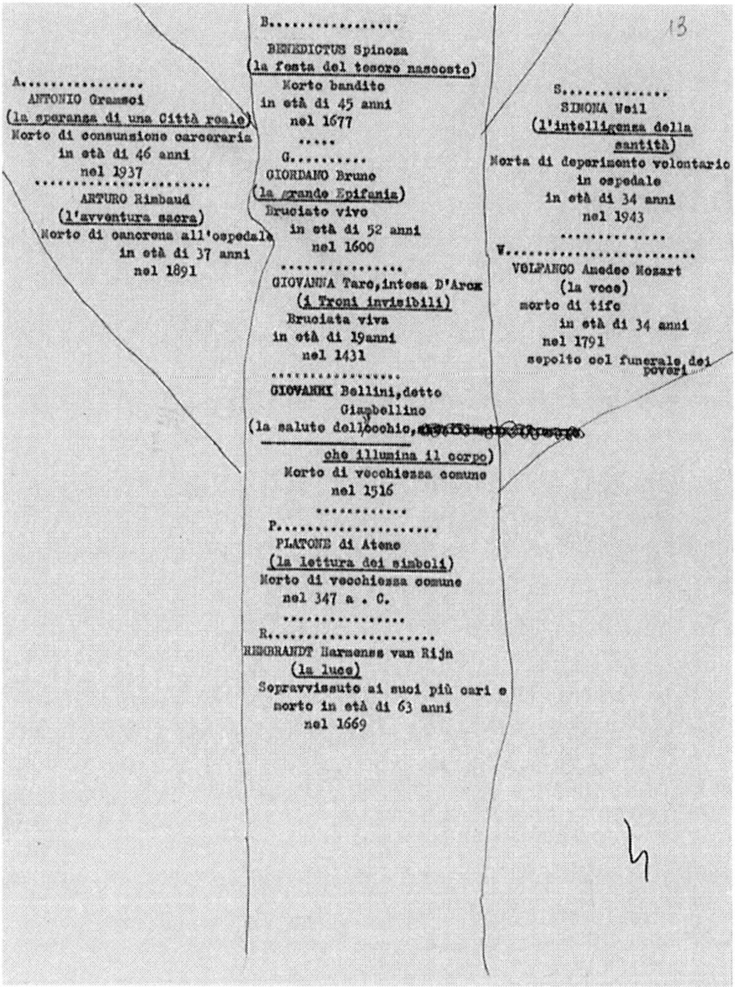

A................
ANTONIO Gramsci
(la speranza di una Città reale)
Morto di consunzione carceraria
in età di 46 anni
nel 1937
....
ARTURO Rimbaud
(l'avventura sacra)
Morto di cancrena all'ospedale
in età di 37 anni
nel 1891

B.................
BENEDICTUS Spinoza
(la festa del tesoro nascosto)
Morto bandito
in età di 45 anni
nel 1677
.....
G..........
GIORDANO Bruno
(la grande Epifania)
Bruciato vivo
in età di 52 anni
nel 1600
....
GIOVANNA Tarc, intesa D'Arc
(i Troni invisibili)
Bruciata viva
in età di 19anni
nel 1431
....
GIOVANNI Bellini, detto
Giambellino
(la saluto dell'occhio,
che illumina il corpo)
Morto di vecchiezza comune
nel 1516
....
P....................
PLATONE di Atene
(la lettura dei simboli)
Morto di vecchiezza comune
nel 347 a . C.
....
R.....................
REMBRANDT Harmensz van Rijn
(la luce)
Sopravvissuto ai suoi più cari e
morto in età di 63 anni
nel 1669

S.............
SIMONA Weil
(l'intelligenza della
santità)
Morta di deperimento volontario
in ospedale
in età di 34 anni
nel 1943
....
V.........................
VOLFANGO Amedeo Mozart
(la voce)
morto di tifo
in età di 34 anni
nel 1791
sepolto col funerale dei
poveri

Elsa Morante, manuscrito de *Il mondo salvato dai ragazzini*, Biblioteca Nacional, Roma.

Nos manuscritos de outro livro da Morante, *Aracoeli*, vemos uma imagem recortada e colada sobre uma folha, na qual há um crucifixo peruano, sobre o qual se encontra a imagem de Cristo com um corpo "anormal". Na folha, em torno da imagem, há uma anotação: "E, ali, de repente, me senti crucifixo: e sobre a cruz o meu corpo havia se tornado uma coisa anormal, monstruosa, com os pés, as mãos e a cabeça enorme etc.". O corpo sobre a cruz é a imagem da dor que penetra no corpo, e é, ao mesmo tempo, a aniquilação da imagem do corpo. Aniquilando-se o corpo, aniquilam-se também as lembranças, os desejos, pois os rastros de nossas experiências estão inscritos nele.

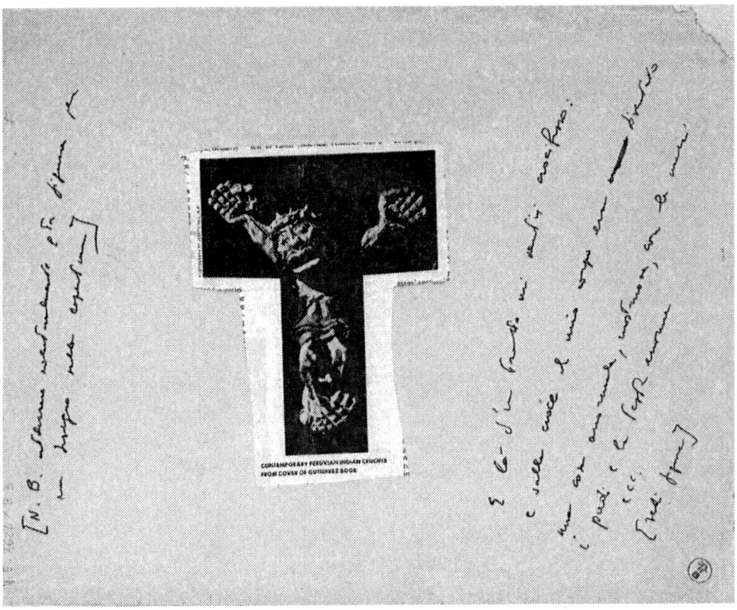

Elsa Morante, manuscrito de *Aracoeli*,
Biblioteca Nacional, Roma.

Os crucificados são estados de corpo e variações de potência, pelos quais Elsa Morante nutria uma profunda admiração. Fazem parte dos "F. P.", tal como se lê na introdução à "Canção dos F. P. e dos I. M. em três partes", que abre a terceira parte de *O mundo salvo pelos garotinhos,* intitulada "Canções populares":

O que significa F. P.? Trata-se de uma abreviação
para *Felizes Poucos.*
E quem são os Felizes Poucos? Explicá-lo não é fácil,
porque os Felizes Poucos são indescritíveis.
Embora poucos,
existem de toda, raça, sexo e nação
época, idade, sociedade, condição
e religião.
Pobres e ricos
(porém, se nascem pobres, eles, em geral,
assim permanecem, e, se nascem ricos, logo se tornam
pobres)
jovens e velhos (porém
dificilmente chegam à velhice a tempo)
lindos e feios (para dizer a verdade, eles,
mesmo quando são popularmente considerados feios,
na REALIDADE são bonitos; mas a REALIDADE
é raramente visível às pessoas...)
Em suma. Objetivamente, por justiça,
aqui se certifica, fielmente,
que os F. P. são todos e sempre
lin-dís-si-mos,
mesmo se por sua conta as pessoas não o percebam
(Morante, 1971, p. 119).

A questão ética inscrita no corpo de Elsa Morante tem uma profunda relação com o desejo, e este jamais se reduz à miséria da necessidade, hoje tão presente no mundo neoliberal, que monetiza a vida por meio do dispositivo da necessidade e que, ao mesmo tempo, produz misérias, tendo em vista que a *conatus* dos F. P. "é conhecer que essa máquina dilacerante por nós chamada de *o corpo* não era senão um refúgio sepulcral do medo e do desejo" (Morante, 1971, p. 126).

E mais uma vez o *ritornelo*: TUDO ISSO EM SUBSTÂNCIA E VERDADE NÃO É NADA MAIS QUE UM JOGO.

> A felicidade dos Infelizes Muitos não é alegre! Jamais é alegre, por mais que se esforcem, os Infelizes Muitos devem se resignar com isto: SUA FELICIDADE É TENEBROSÍSSIMA! E a infelicidade dos Felizes Poucos, por outro lado, é alegre! ALEGRE! [...] E como se explica? *A vida é um* rebus! Não há remédio! (Morante, 1971, p. 127).

Que nossos corpos sejam ainda afetados por outros, para que uma comunidade desejante sob a escuridão possa cintilar. O que podem as intempestividades? Negatividade e, ao mesmo tempo, criação?

REFERÊNCIAS

AGAMBEN, Giorgio. A festa do tesouro escondido. *In*: AGAMBEN, Giorgio. *Categorias italianas*: estudos de poética e literatura. Tradução de Carlos Eduardo Schmidt Capela e Vinícius Nicastro Honesko; tradução das passagens e citações em latim de Fernando Coelho. Florianópolis: Editora da UFSC, 2014.

AGAMBEN, Giorgio. *Profanações*. Tradução de Selvino José Assmann. São Paulo: Boitempo, 2007a.

AGAMBEN, Giorgio. *Estâncias*: a palavra e o fantasma na cultura ocidental. Tradução de Selvino José Assmann. Belo Horizonte: Editora UFMG, 2007b.

COSTANTINI, Riccardo (org.). *Pier Paolo Pasolini*. Polemica Politica Potere: conversazioni con Gideon Bachmann. Milão: Chiarelettere Editore, 2015.

DELEUZE, Gilles. Spinoza e as três "Éticas". *In*: DELEUZE, Gilles. *Crítica e Clínica*. Tradução de Peter Pál Pelbart. São Paulo: Editora 34, 1996.

FOFI, Goffredo. Il mondo di Elsa: in quei ragazzini tutte le speranze della Morante. *La Repubblica*, Roma, 14 jul. 2012.

GIORGIO Agamben — "L'archeologia". [*S. l.: s. n.*], 2019. 1 vídeo (89 min). Publicado pelo canal AccademiaIISF. Disponível em: **https://www.youtube.com/watch?v=Qkvlp4hUpL4**. Acesso em: 30 jul. 2024.

LACAN, Jacques. *Seminário, livro 7*: a ética na psicanálise. Tradução de Antônio Quinet. Rio de Janeiro: Jorge Zahar, 2008.

MORANTE, Elsa. *Il mondo salvato dai ragazzini e altri poemi*. "Gli Struzzi". Turim: Einaudi, 1971.

MORANTE, Elsa. *Piccolo Manifesto dei Comunisti (senza classe né partito)*. Roma: Nottetempo, 2004.

MORANTE, Elsa. Nota introduttiva. *In*: MORANTE, Elsa. *Il mondo salvato dai ragazzini e altri poemi.* "Gli Struzzi". Turim: Einaudi, 1971.

PASOLINI, Pier Paolo. *Il caos.* Roma: L'Unità/Editori Riuniti, 1981.

PASOLINI, Pier Paolo. Il mondo salvato dai ragazzini. *Paragone*, [*s. l.*], abr. 1968, n. 224; out. 1968, n. 230.

PASOLINI, Pier Paolo. *Trasumanar e organizzar.* Milão: Garzanti, 2007.

PASOLINI, Pier Paolo. *Lettere 1955-1975.* Turim: Einaudi, 1988.

As transfigurações intempestivas do contemporâneo

"Muitas vezes, quando pensamos na vida — tendo subitamente acordadodurante a noite, ou antes de adormecer, na adolescência ou mesmona infância —, vemos uma cadeia, um fluxo ininterrupto de seres. A melhorapresentação disso é o final de A morte de Virgílio, de Broch, emque a entrada do moribundo na morte se faz por uma dispersão exultantepor todas as ordens terrestres e cósmicas. É uma corrente de seres quenunca acaba. Mas nós podemos restringir-nos aos seres humanos, multidõesde crianças, de homens e de mulheres, uma corrente interminável,antes de nós e para além de nós. Benjamin tem muito presente essa corrente,mas não num sentido natural, trata-se sempre de uma questão dovínculo entre as gerações, de tradendum, isto é, a partir da palavra quepode ser deixada, da palavra que pode ser lida, da palavra que pode serpartilhada, da palavra que foi recebida. Porém, também se encontra indecifravelmenteunida a essa visão do fluxo, da corrente humana, umaoutra, a da repetição catastrófica."

[MARIA FILOMENA MOLDER, *O químico e o alquimista. Benjamin, leitor de Baudelaire,* 2011]

Giorgio Agamben, em 2004, escreve o prefácio "Arqueologia de uma arqueologia" para o livro *La linea e il circolo: studio logico-filosofico sull'analogia,* de Enzo Melandri, e aponta que essa obra-prima da filosofia europeia do século XX deve ser medida e lida entre sua compreensão e incompreensão, já que o "verdadeiro tema do estudo é, sobretudo, a 'guerra civil' entre analogia e lógica, e a aposta nessa *stasis* interna à filosofia é a exposição de um não sentido: 'o não sentido da analogia, ao contestar o governo, a norma e o rigor da lógica, revela que o sentido desta última é, igualmente, e ainda mais, insensato'" (Agamben, 2004, p. 13, tradução nossa). A analogia, tanto para Melandri quanto para Agamben, não é a relação de semelhança entre duas ou mais entidades distintas. Como argumenta o segundo filósofo, "a analogia é o dispositivo que, em toda antinomia e em toda aporia, exibe sua lógica inevitável e, ao mesmo tempo, torna possível não apenas sua composição, mas também seu deslocamento e sua transformação" (Agamben, 2004, p. 14). Assim, trata-se, antes — é o que diria Gilles Deleuze a respeito de Michel Foucault —, de um "novo arquivista" que elabora o arquivo da cultura segundo objetos linguísticos até então ilegíveis, lendo o que jamais foi escrito até então. Desse modo, a relação entre lógica e analogia se dá não com o intuito de produzir um novo agrimensor, o qual segue sua jornada redesenhando novos confins, mas como abertura, revolvendo a terra por dentro, para que novas linhas de fuga possam ser ativadas. E por que ativar novas linhas de fuga? Uma das razões, poderíamos dizer: para desativarmos a lógica de domesticação do tempo, de nosso modo de submissão ao tempo linear, e, ainda, como forma de declinar de outra forma as oposições binárias tão fortemente presentes no pensamento filosófico ocidental. Enzo Melandri, assim, compreende a analogia enquanto ação transformadora das oposições dicotômicas (rígidas, contraditórias) em oposições bipolares, ou seja, tensionais, vetoriais e ambivalentes (lembremos o quanto é importante para Agamben, seguindo os rastros de Melandri, a distinção entre contradição e contraditoriedade: na contradição, uma das forças dos polos é destituída, para que a mais imperiosa prevaleça, enquanto na contraditoriedade as forças opostas permanecem em constante choque, e a partir desse embate insurge-se um terceiro elemento até então não figurado). O que advém do choque entre lógica e analogia é a manifestação de um sintoma não homogêneo aos dois primeiros, cuja identidade não pode ser definida, por sua vez, segundo uma lógica binária, caso pensemos na dialética de Hegel. O terceiro elemento é um campo heterogêneo de tensões que busca neutralizar a dicotomia, e nesse processo de transfiguração o método arqueológico de Enzo Melandri, muito em diálogo com os percursos genealógicos e arqueológicos descontínuos de Michel Foucault e Freud, também será de extrema importância para Giorgio Agamben, que, por sua vez, irá transladá-lo em companhia de uma comunidade singular-plural: Giovanni Urbani, Walter Benjamin, Giovanni Morelli, Hannah Arendt, Georges Dumézil, Franz Overbeck, entre tantos outros.

Agamben voltará a tal discussão em *Signatura rerum: sobre o método,* quando retoma a ideia de "arqueologia filosófica", cujo traço remonta ao escrito *Über die Fortschritte der Metaphysik* (em edições brasileiras, traduzido como *Os progressos da metafísica*), de 1791, de Kant. Agamben ressalta que a ciência que o filósofo alemão chama de "arqueologia filosófica" se dá:

> Como história e, assim sendo, não pode interrogar-se sobre a própria origem: mas, pelo fato de ser uma história, por assim dizer, *a priori,* cujo objeto coincide com o próprio fim da humanidade — isto é, com o desenvolvimento e com o exercício da razão —, a *arché* que tal arqueologia procura jamais pode identificar-se com um dado cronológico, jamais pode ser "arcaica" (Agamben, 2008, p. 83, tradução nossa).

Portanto, não há homogeneidade essencial, o que, aliás, levaria Foucault a escrever o ensaio "*Nietzsche, la généalogie, l'historie*" em 1971, cujas linhas traçam um desvio entre a *arché,* que a prática história indaga, e a origem factícia. Em outras palavras: não há a busca de uma origem na genealogia, mas, antes, atenta-se à emergência de inícios, de começos diferidos e, como ressalta Agamben, a participação atenta do leitor ativa pontos de insurgência:

> Podemos chamar provisoriamente "arqueologia" aquela prática que, em toda pesquisa histórica, tem a ver não com a origem, mas com o ponto de insurgência do fenômeno e deve, por isso, confrontar-se novamente com as fontes e com a tradição. [...] Ou seja, ponto de insurgência é, aqui, ao mesmo tempo, objetivo e subjetivo e se situa, aliás, numa soleira de indecidibilidade entre o objeto e o sujeito. Ela não é jamais o emergir do fato sem ser, também, o emergir do próprio sujeito cognoscente: a operação sobre a origem é, ao mesmo tempo, uma operação sobre o sujeito" (Agamben, 2008, p. 90).

Agamben, em companhia de Melandri, reanima a figuração de que o presente possa transladar-se na forma transitória de uma constitutiva inexperimentabilidade, ou seja, de que alguma experiência atual possa ser removida do inconsciente devido ao seu caráter traumático ou ao fato de ser inaceitável para a consciência. Há aí um eco do inconsciente tal como pensado por Freud? É possível que haja reminiscências, mas também há uma espécie de deslocamento, de desvio, visto que a regressão arqueológica, conforme Agamben e Melandri a compreendem, é elusiva, "não tende, como em Freud, a restaurar um estado precedente, mas a decompô-lo, a deslocá-lo, e, em última análise, a contorná-lo, para voltar-se não aos seus conteúdos, mas às modalidades, às circunstâncias e aos momentos da cisão que, removendo-os, os constituiu como origem" (Agamben, 2008, p. 103, tradução). Portanto, a arqueologia não busca apreender o passado, mas libertá-lo, para que possamos aceder ao não vivido, já que o esquecimento, e não apenas a lembrança, também é contemporâneo ao próprio presente. Como ainda aponta Agamben: "Não só o vivido, mas também, e antes de tudo, o não vivido dá forma e consistência à trama da personalidade psíquica e da tradição histórica, que assegura sua continuidade e consistência" (Agamben, 2008, p. 102). Eis o ponto de insurgência, e eis a questão que se nos coloca Agamben: "Mas como é possível aceder ao não vivido, retornar a um evento que, de algum modo, para o sujeito ainda não se deu verdadeiramente?" (Agamben, 2008, p. 102). Talvez lendo a contrapelo a linha de falha entre consciente e inconsciente, entre lembrança e esquecimento, entre vivido e não vivido, ao mesmo tempo, pois "só nesse ponto o passado não vivido se revela por aquilo que era: contemporâneo ao presente". E, ainda, "por isso a contemporaneidade, a copresença ao próprio presente, enquanto implica a experiência de um não vivido e a lembrança de um esquecimento, é rara e difícil; por isso a arqueologia, que se encontra aquém da lembrança e do esquecimento, é a única vida de acesso ao presente" (Agamben, 2008, p. 103). O gesto do "novo arquivista", assim, põe em confronto duas forças díspares e no choque entre elas rearma de forma diferida o que emerge do choque entre duas placas tectônicas: uma cintilação por entre as ruínas não apenas vindas do passado, mas também da presença do passado no presente. Aí há uma questão de método, porém um método desviante, como Walter Benjamin ensaiou em muitas leituras acerca da história, transferindo a nós uma exigência da qual não podemos escapar: entrar em contato com o mais distante, por meio da observação incansável do mais próximo.

Proceder pelos caminhos imaginativos de uma criança, quando nos questiona: "Para onde vai a luz quando se esconde"?.

> Como todas as perguntas que uma criança poderia fazer, esta é uma bela pergunta, e, quando a luz se esconde, a noite entrega os seres ao sono — sempre me impressionou essa entrega —, que nos acompanha no nosso desejo de luz, trazendo-nos os sonhos e as vidências, nós os que vivemos sobre a terra e não dentro dela ou no fundo do mar (Molder, 2017, p. 71).

Tal questão nos é transmitida pelas dobras do pensamento da filósofa Maria Filomena Molder. Em *Cerimônias*, ela nos aponta muitas outras indagações que fazemos em estado de vigília e de sonho, especialmente em nossa infância: por que a luz das estrelas nos interpela e nos fascina? Alguma coisa estranha nos ocorre quando olhamos para as estrelas; estaríamos vendo seu passado? Quando olhamos para a cintilação do brilho de uma estrela, estamos captando uma luz que foi emitida para o espaço há muitos anos-luz. A luz, como sabemos, é uma forma de energia que viaja com a incrível velocidade de cerca de trezentos mil quilômetros por segundo. Mas, como a distância entre os corpos celestes também é enorme, pode-se levar anos-luz para que a luz da estrela chegue até nós — e, quando a vislumbramos, o que vemos não é senão sua obscuridade. Há, portanto, uma espécie de revelação por ocultamento?

Agamben, fascinado pela translação da luz e pela ambivalência que habita a questão, escreve a respeito dessa figuração no texto "Ideia da luz", questionando-se:

> Acendo a luz num quarto escuro; é um fato que o quarto iluminado já não é o quarto escuro, que perdi para sempre. E, no entanto, não será ainda o mesmo quarto? Não será o quarto escuro o único conteúdo do quarto iluminado? Aquilo que não posso ter, aquilo que, ao mesmo tempo, recua até o infinito e me empurra para diante, não é mais que uma representação da linguagem, o escuro que pressupõe a luz; mas, se renuncio a captar esse pressuposto, se volto a atenção para a própria luz, se a recebo — então aquilo que a luz me dá é o mesmo quarto, o escuro não hipotético. O único conteúdo da revelação é aquilo que é fechado em si, o que é velado — a luz é apenas a chegada do escuro a si próprio (Agamben, 2012a, p. 7).

Pier Paolo Pasolini, por sua vez, movido pela reflexão acerca das nebulosas, decide transfigurar alguns cantos do "Inferno", de Dante Alighieri, com força e forma diferidas, em *La divina mimesis.*

A traduzibilidade dos cantos gera em nossa leitura e experiência efeitos e afecções que apontam para a ambivalência presente na concepção de contemporâneo:

> Por volta dos 40 anos, percebi que estava num momento muito obscuro de minha vida. Em tudo o que fizesse na Selva da realidade de 1963 — ano ao qual havia chegado absurdamente despreparado para a exclusão da vida dos outros que não é senão a repetição da própria vida —, havia um sentido de obscuridade. Não diria de náusea, ou de angústia: ao contrário, nessa obscuridade, para dizer a verdade, havia alguma coisa terrivelmente luminosa: a luz da velha verdade, caso queiramos, diante da qual não há mais nada o que dizer. Obscuridade igual a luz (Pasolini, 2006, p. 7, tradução nossa).

"De quem e de que somos contemporâneos? E, antes de tudo, o que significa ser contemporâneo?", questões colocadas por Agamben no início da aula inaugural do curso de filosofia teorética, ocorrido na passagem de 2006 para 2007, na Faculdade de Arte e Design do Instituto Universitário de Arquitetura de Veneza (Iuav). O filósofo busca reativar uma exigência por meio de um procedimento muito singular em sua *Bildung*, ou seja, em sua formação: o procedimento da imagem dialética, presente nos percursos desviantes de Walter Benjamin. Assim, façamos um breve desvio.

Walter Benjamin, em 1926, envia uma carta a Scholem, na qual aponta que, "a partir das opiniões e dos pensamentos de meu filho, Stefan, fui compondo, desde seu nascimento, um livrinho que — na verdade, por causa de minhas inúmeras ausências — não é, de maneira alguma, copioso, mas que recolhe, de qualquer forma, algumas dúzias de 'palavras e expressões' curiosas. Tenho a intenção de pedir que alguém as datilografe, e um dos poucos exemplares será certamente destinado a você". Benjamin, assim, tenta acolher a língua infantil com seus deslizamentos de sentido, suas traduzibilidades. Um dia, ele mostra a imagem de um javali ao filho, presente num livro ilustrado, e Stefan lhe diz: é uma "*Bildschwein*". A palavra remete ao termo alemão "*Wildschwein*" (literalmente, um "porco-selvagem"). O pequeno Stefan substitui o termo "*Bild*" (imagem) por "*Wild*" (selvagem). O lapso do filho, sua "lalíngua", parece revelar algo importantíssimo a Walter Benjamin: "*Bild*" não diz respeito ao âmbito da visão, mas, antes, à esfera da linguagem. Daí sua singular anotação: "Apenas as imagens dialéticas são autênticas imagens (ou seja, não arcaicas); e o lugar onde as encontramos é a linguagem". Ler o que jamais foi escrito requer um enorme trabalho de elaboração da infância. Ler o que jamais foi escrito requer, além do mais, um trabalho um tanto selvagem de elaboração do que compreendemos como contemporâneo.

Ainda, o tempo de nossa contemporaneidade exige ser contemporâneo dos textos e dos autores que são examinados, não importa se for um texto já muito apagado pelo tempo ou encoberto pelos escombros da História. Agamben relembra uma anotação de Roland Barthes — via Nietzsche — que diz: "O contemporâneo é o intempestivo". Entre 1873 e 1874, Nietzsche escreve as *Considerações extemporâneas* (e intempestivas), e nelas lança luz a uma tomada de posição em relação ao presente. O filósofo retira o tempo da condição de prisioneiro da eternidade, para liberá-lo como força intempestiva. O intempestivo não se dirige somente à eternidade, mas também ao "nosso tempo", ao tempo presente, confrontando o que "nosso tempo glorifica". O intempestivo faz irromper um tempo no interior do próprio tempo, o qual desfaz a concepção de eternidade, já dada *a priori*. O tempo intempestivo recusa, portanto, qualquer possibilidade de domesticação: "Agir de maneira intempestiva, quer dizer, contra o tempo, e assim sobre o tempo, em favor, eu espero, de um tempo que virá", aponta Nietzsche (2014, p. 91).

O que é, então, ser intempestivo? Intempestivo significa não concordar com o "espírito de seu tempo"? O pensador intempestivo é aquele que toma certa distância de sua época, e tal distância não diz respeito apenas à temporalidade ou à historicidade, mas também ao seu tempo, ou seja, à atualidade e aos valores que lhe são próprios? Assim, o pensador intempestivo deseja figurar-se como inatual e, por isso mesmo, revela na atualidade alguns rastros de luz que arrasta consigo para uma época passada repleta de obscuridade, tal como Walter Benjamin lê as soleiras de Franz Kafka. E nas palavras de Agamben: "É verdadeiramente contemporâneo aquele que não coincide perfeitamente com ele nem se adequa às suas exigências e é, por isso, nesse sentido, inatual; mas, precisamente por isso, exatamente através dessa separação e desse anacronismo, ele é capaz, mais que os outros, de perceber e de apreender o seu tempo" (Agamben, 2014, p. 22). Em outros termos, Agamben retoma essa exigência de Benjamin, mas não só, visto que a constelação é como uma espécie de vórtice: jamais revela o que está contido em seu centro de irradiação.

Agamben faz uma leitura singular do poema "O século", de Osip Mandel'štam, escrito em 1923 — e o faz como forma de ser tocado por sua traduzibilidade, ou seja, por seu modo de vir a ser, em constante movimento de descentramento. Cito uma passagem do poema:

> Meu século, minha fera, quem poderá
> olhar-te dentro dos olhos
> e soldar com o seu sangue
> as vértebras de dois séculos? (Agamben, 2014, p. 23).

"Os dois séculos, os dois tempos não são apenas, como foi sugerido, o século XIX e o século XX, mas também, e antes de tudo, o tempo da vida do indivíduo (lembrar que em latim *saeculum* significa originalmente o tempo da vida) e o tempo histórico coletivo, que chamamos, nesse caso, o século XX, cuja coluna — como lemos na última estrofe do poema — está fraturada" (Agamben, 2014, p. 23-24). A fratura é o próprio ponto de insurgência que emerge do gesto crítico do novo arquivista, que não busca jamais a origem, já que deseja liberar a *arché* da domesticação do tempo cronológico — *arché* que não é nem o original (o princípio histórico) nem o originário (o princípio a-histórico), mas que se situa na soleira entre eles. Como habitar esse espaço, para não cairmos facilmente nas induções ou deduções, ou seja, partindo da parte ao todo e do todo à parte? Em outras palavras, como habitar o deserto?

Tal reflexão perpassa, com força singular, a cinematografia de Patricio Guzmán. O cineasta chileno dirigiu a trilogia *La batalla de Chile, la lucha de un pueblo sin armas* entre 1975 e 1979. A trilogia é composta por *La insurrección de la burguesia* (1975), *El golpe de Estado* (1976) e *El poder popular* (1979), mas só foi projetada nas salas de cinema chilenas em 1996, seis anos após o retorno à democracia. Jorge Müller, operador de câmera e diretor de fotografia dos filmes, foi preso pela polícia militar um ano depois do golpe e encarcerado num centro de tortura, na Villa Grimaldi. Tinha apenas 27 anos quando foi torturado e morto.

Os filmes de Guzmán projetam espaços vitais em nosso presente, mesmo que habitados por sombras, de muitas sombras passadas, que não cessam de ser projetadas em nosso tempo presente. Numa entrevista em que Guzmán fala sobre o filme *Nostalgia de la luz*, lança-nos algumas questões:

> Como explicar que o Chile é o principal centro astronômico do mundo, mas 60% dos assassinatos da ditadura continuam sem solução? Como é possível que astrônomos chilenos observem estrelas que estão a milhões de anos-luz de distância, enquanto crianças não conseguem ler em seus livros escolares o que aconteceu no Chile há apenas trinta anos? Como explicar que inúmeros corpos enterrados pelos militares foram desenterrados e jogados ao mar? Como explicar que o trabalho de uma mulher que vasculha o deserto com as próprias mãos é semelhante ao trabalho de um astrônomo?

Jean-Luc Nancy, numa entrevista concedida a Cristian Warnken, em seu programa *Una Belleza Nueva*, em 2007, no Chile, toca na questão da terra, de como é importante escavar, revolvendo a terra:

> Abrir a terra significa reabri-la em si mesma, sem fazer referência a outro mundo; mais além, "na terra", que passou, ao mesmo tempo, a ser dura, fechada. [...] O outro deserto que cresce é o deserto do niilismo, ou seja, o deserto de uma civilização que já não vislumbra para si outras referências, outros valores, outros funcionamentos simbólicos em geral, a não ser aqueles equivalentes ou referentes ao mercantilismo (Nancy, 2018, tradução nossa).

O filme *Nostalgia da luz*, de Guzmán, nos interpela com outro deserto, que é também uma abertura de mundos: a abertura das arqueólogas do espaço, das mulheres que há muitos anos não se deixam obliterar pela violência da História de um povo que ainda não fez trabalho de luto do seu passado. Em outubro de 2013, a diretora de uma escola, em Curacaví (Chile), censurou a projeção da obra, alegando que assuntos relacionados à ditadura não devem ser debatidos nas escolas. O deserto do Atacama é uma das regiões mais áridas do planeta, tem uma superfície de aproximadamente 105 mil km^2. E nesse espaço imenso há quem buscou — e busca — a liberdade lendo constelações na terra a partir dos escombros do campo de concentração de Chacabuco, pois não ignora que a luz que viaja pelo espaço e pelo tempo, para ser sentida por nós, é uma espécie de remetimento à escuridão; de igual modo, sabe que, nesse mesmo deserto onde milhares de pessoas foram mortas, enterradas e abandonadas, há uma porta para uma inatualidade extremamente atual. As arqueólogas do espaço perscrutam, assim, cada centímetro de terra, cravando-a com cruzes a cada vez que ossadas de pessoas desaparecidas são encontradas. Com essa força singular, elas montam, nesse espaço de arrojadas e sofisticadas investigações científicas, constelações até então jamais lidas pelos próprios cientistas.

Na apresentação ao livro *Per una archeologia del presente: scritti sull'arte contemporanea* — publicação que, conforme já destaquei, reúne os textos do crítico de arte Giovanni Urbani —, Giorgio Agamben ressalta que Urbani "era um homem decidido a olhar lucidamente para o tempo (obscuro — assim como é, talvez, qualquer tempo, para quem decidiu ser intransigentemente contemporâneo a ele) no qual lhe coube viver". E o filósofo não deixará de sublinhar que Urbani se colocou à escuta da arqueologia, porque esta "define o caráter de nossa cultura, que só pode aceder à própria verdade apenas por meio de um confronto com o passado" (Agamben, 2012b, p. 11, tradução nossa). "Qual é o sentido da presença do passado no presente?", perguntava-se Giovanni Urbani, em 1960. Agamben tenta respondê-la da seguinte forma: "A única via de acesso ao presente é a herança do passado, viver o próprio presente significa necessariamente saber viver o próprio passado" (Agamben, 2012b, p. 12).

Perguntar-se sobre o que é o contemporâneo, portanto, é um dos modos de desfazer a supremacia do olhar cronológico e linear, bem como confrontar a supremacia do "eu" e suas contrafaces. E, conforme Agamben escreve em *Autoritratto nello studio*: "Tornar-se intimamente estrangeiro a si mesmo, sem pátria nem mátria" (Agamben, 2017a, p. 9, tradução nossa).

As intempestividades do contemporâneo, assim, se insurgem no interior do *chronos*, colocando-se contra ele, para que outros tempos possam vir a figurar na relação não mais cronológica entre passado, presente e futuro. Como embaralhar as cartas? Como redistribuí-las? O pensamento contemporâneo e intempestivo, como nos aponta Agamben em "O que é o contemporâneo", entra em cena a partir de um corte singular, para que possamos "reconhecer nas trevas do presente a luz que, sem nunca poder nos alcançar, está perenemente viajando em nossa direção" (Agamben, 2014, p. 28). O gesto de abertura, que remexe a terra por dentro, é de *"an-árquica" criação.*

Em um dos ensaios de *Creazione e anarchia: l'opera nell'età della religione capitalista*, Giorgio Agamben nos lança a questão: "O que é um comando?". Ressalta que deseja fazer uma "arqueologia do comando", no entanto há aí uma contraditoriedade, visto que a arqueologia é a procura de uma *arché*, mas o termo grego tem, ao mesmo tempo, dois sentidos: "origem", "princípio" e "comando", "ordem". Agamben anota que "não é certamente incompreensível que da ideia de uma origem derive aquela de um comando, que do fato de ser o primeiro a fazer algo resulte o fato de ser o chefe. E vice-versa: quem comanda é também o primeiro, assim como na origem há um comando" (Agamben, 2017b, p. 92, tradução nossa).

Assim, existe uma questão teológica a ser debatida nesse caso, mas não há tempo de desenvolvê-la agora, então apenas aponto que a origem, como Agamben a compreende, é dotada de um prestígio em nossa cultura, visto que ela é aquilo que comanda não apenas o nascimento, mas também o crescimento, o desenvolvimento, a circulação e a transmissão da história, ou seja, daquilo a que deu origem. Ainda: "O início não é um simples começo, que depois desaparece naquilo que segue; ao contrário, a origem jamais cessa de iniciar, isto é, de comandar e de governar o que definiu ser" (Agamben, 2017b, p. 93). O filósofo relembra que a questão da íntima relação entre origem e comando produziu na filosofia pós-Heidegger duas linhas de pensamento: a de Reiner Schürmann, em *Dai principi all'anarchia*, que é uma tentativa de separar origem e comando, enquanto possibilidade de alcançar uma pura origem (interpretação anárquica de Heidegger); e aquela de Jacques Derrida, que busca neutralizar a origem, para alcançar um puro imperativo, sem outro conteúdo que não a própria injunção: "Interprete!" (interpretação democrática de Heidegger).

Schürmann argumenta que, "se o ser é compreendido apenas através da diferença com a presença epocal, então nossa experiência diária do ser está perdida para sempre, enquanto uma nova dobra desdobra uma nova constelação" (Schürmann, 1995, p. 310, tradução nossa). Schürmann parece nos indicar a exigência de uma possível desativação do que chamamos "autonomia" e "soberania", visto que tais categorias são fundamentos que enrijecem o comando da origem ou a origem do comando, conforme nos alerta

Agamben: a filosofia não apenas não entra na ordem da *arché*, mas também deslegitima e subverte tal ordem. A questão da "*an-arquia" filosófica* é, antes de ser política, eminentemente teorética. Além de tocar no tema da fundação, gira em torno da soberania (de Deus!). O sujeito autônomo, incapaz de sair de si, da lei que o autolegitima, não abjura sua essência enquanto autolegislador e legislador do universo. Preocupado apenas com sua soberania, esse sujeito autônomo considera-se origem e princípio de si mesmo, considera-se absoluto, desvencilhado de toda e qualquer responsabilidade. Nesse sentido, até que ponto a filosofia moderna busca desativar a epopeia desse sujeito soberano que se autolegitima e se autogoverna? Como desativar esse comando? De Platão a Schmitt, passando por Hobbes, o pensamento político tradicional é obcecado pelo ato *árquico* — fundação, instituição, declaração — que inaugura o sujeito soberano capaz de governar, como nos aponta a filósofa Donatella di Cesare, em *Sulla vocazione politica della filosofia*: "Não é difícil intuir que à soberania do indivíduo corresponda, no governo dos muitos, aquela do Estado. A *arché* da política, para não falar da *arqui*economia, resta dominante" (Di Cesare, 2017, p. 229, tradução nossa). A *arché* filosófica, entendida como princípio e comando, migra para outros campos, ora centrada mais na força do comando, ora mais concentrada no imperativo da origem. "*An-arquia*", portanto, é o que precede todo princípio, mas também o que contrasta um princípio instituído. No primeiro caso, o valor é pré-político (ou antipolítico); no segundo, manifestadamente político, como bem observa a filósofa.

Em 2006, Jean-Luc Nancy participa de um ciclo de conferências, em Brera, intitulado *Do contemporâneo. Papel branco a...* e ocorrido na Academia de Belas-Artes. O filósofo intitula sua intervenção de *"L'arte, oggi"* [A arte, hoje]. Em uma passagem, aponta que:

> A *arte contemporânea* nos permite sempre, sem descanso, nos colocar no problema da arte — ou nos força a fazê-lo. O que desejo dizer é: o que resta da arte, de um gesto artístico que pode ser considerado ou sobrecarregado de significados e

> que não revela um mundo, mas, antes, se limita a dar conta de um mundo fechado, sem abertura? [...] Toda obra de arte pressupõe algo diferente do significado: um gesto (Nancy, 2007, p. 13-14, tradução nossa).

O gesto de Agamben, em última análise, põe em jogo a "arqueologia da sensação" e a "fenomenologia da percepção"; a segunda defende que "ver é perceber", enquanto a primeira, "ver é sentir-se vendo", ou seja, ver é sentir, é sentir *com*. Dessa forma, pensa a imagem não como representação ou resolução de um enigma, mas como denúncia do vazio.

Agamben ainda aponta que a luta travada por meio das imagens dialéticas de Benjamin traz a marca diferida entre fronteira (*Grenze*) e limiar (*Scwelle*). No limiar, lemos a figuração do movimento, da passagem, da *Übergang* (função de transição do limiar). Benjamin aproxima, não à toa, a palavra *Schwelle* (que vem do verbo *schwellen*, inchar, dilatar) ao termo *Welle* (onda). Nosso gesto, assim, se dá no movimento de aproximação por distanciamento e, ao mesmo tempo, de distanciamento por aproximação, para que possamos remexer a terra por dentro, para que possamos figurar não apenas o vivido, mas também o não vivido. Nessa soleira movente, encontra-se nossa tarefa de traduzibilidade: fazer emergir, da guerra entre lógica e analogia, a força de transfiguração do ponto de fratura e, ainda, da intempestividade do contemporâneo.

A intempestividade da vida, à procura de uma transfiguração ética de leitura do ainda não vivido: à escuta das traduzibilidades.

REFERÊNCIAS

AGAMBEN, Giorgio. Archeologia di un'archeologia. *In*: MELANDRI, Enzo. *La linea e il circolo*. Macerata: Quodlibet, 2004.

AGAMBEN, Giorgio. *Autoritratto nello studio*. Milão: Nottetempo, 2017a.

AGAMBEN, Giorgio. *Creazione e anarchia*: l'opera nell'età della religione capitalista. Vicenza: Neri Pozza Editore, 2017b.

AGAMBEN, Giorgio. *Ideia da prosa*. Tradução de João Barrento. Belo Horizonte: Autêntica Editora, 2012a.

AGAMBEN, Giorgio. Attualità di Giovanni Urbani. *In*: ZANARDI, Bruno. *Giovanni Urbani*: per una archeologia del presente. Scritti sull'arte contemporanea. Apresentação de Giorgio Agamben e Tomaso Montanari. Milão: Skira Editore, 2012b.

AGAMBEN, Giorgio. *Nudez*. Tradução de Davi Pessoa. Belo Horizonte: Autêntica Editora, 2014.

AGAMBEN, Giorgio. Signatura rerum: sul metodo. Turim: Bollati Boringhieri, 2008.

DI CESARE, Donatella. *Stranieri residenti*: una filosofia della migrazione. Turim: Bollati Boringhieri, 2017.

JEAN Luc Nancy. [*S. l.: s. n.*], 2018. 1 vídeo (57 min). Publicado pelo canal Marcelo Jara. Disponível em: **https://www.youtube.com/watch?v=1c6egubrYw8**. Acesso em: 15 mar. 2020.

MOLDER, Maria Filomena. *Cerimônias*. Belo Horizonte: Chão da Feira, 2017.

NANCY, Jean-Luc. L'arte, oggi. *In*: FERRARI, Federico (org.). *Del contemporaneo*: saggi su arte e tempo. Milão: Bruno Mondadori, 2007.

NIETZSCHE, Friedrich. *Obras incompletas*. Tradução de Rubens Rodrigues Torres Filho. São Paulo: Editora 34, 2014.

PASOLINI, Pier Paolo. *La divina mimesis.* Milão: Oscar Mondadori, 2006.

SCHÜRMANN, Reiner. *Dai principi all'anarchia*: essere e agire in Heidegger. Traduzione de Gianni Carchia. Bolonha: Il Mulino, 1995.

Traduzibilidades

"Hoje desejo que Rilke fale por meio de mim. Na linguagem corrente, isto se chama traduzir. (Muito melhor em alemão: Nachdichten! Seguindo os passos de um poeta, abrir novamente o caminho já aberto por ele. Ou seja, para Nach (depois), mas também dichten, o sempre novo. Nachdichten significa reabrir o caminho sobre as marcas presentes na mata). No entanto, a tradução também significa outra coisa. Não se passa apenas de uma lingua a outra (o russo, por exemplo), passa-se também de um lado ao outro do rio. Faço passar Rilke em língua russa, assim como ele me fará passar um dia a outro universo."

[MARINA TSVETÁEVA]

Italo Calvino (1923-1985) teve seu primeiro livro, *A trilha dos ninhos de aranha*, recusado pelo editor Giulio Einaudi, em 1942. Giulio fundou em 1933 a prestigiosa editora italiana Einaudi, ao lado de Leone Ginzburg, Massimo Mila, Norberto Bobbio e Cesare Pavese. Calvino teria, em 1947, finalmente o livro publicado pela casa. No mesmo ano, o escritor passa a trabalhar lá, precisamente no dia 19 de março de 1947, quando comunica ao amigo Silvio Micheli que dará início ao seu trabalho como tradutor do livro *Lord Jim*, de Joseph Conrad — embora ele conheça pouco a língua inglesa, conforme confessa ao amigo. Calvino traduz dez capítulos do livro e o interrompe porque precisa apresentar sua monografia de graduação em letras, cujo tema é o próprio Joseph Conrad, tendo sido defendida em novembro do mesmo ano. Em 1948, assume os papéis como redator e assessor do *Bollettino di Informazioni Culturali*. No entanto, tais funções não são suficientes; o baixo retorno econômico faz o escritor correr atrás de outros trabalhos, tornando-se, assim, redator do jornal *L'Unità*, fundado em 1924, por Antonio Gramsci. Em 1949, retoma os trabalhos na editora, ficando responsável pelo escritório de impressões, mas acaba acumulando outras atividades, devido a seu espírito criativo e inquieto. Logo assume a responsabilidade da coleção Piccola Biblioteca Scientifico-Letteraria. Anos mais tarde, em 1959, o *Notiziario Einaudi*, dirigido por Calvino ao longo de sete anos, fecha as portas, e em seguida é publicado o primeiro número da revista *Il Menabò di Letteratura*, coordenada, entre 1959 e 1966, por ele e por Elio Vittorini — com quem Calvino já havia editado *Il Politecnico* (1945-1947). A revista encerrará suas atividades em 1967.

O autor, desde muito jovem, compreendeu que os livros são uma espécie de comunidade singular, que um único livro só tem sentido se lido ao lado de outros. Como ele mesmo aponta na conferência *O livro, os livros*, proferida em 1984, na Feira do Livro de Buenos Aires: "Nossa civilização se baseia na multiplicidade dos livros, e só se encontra a verdade perseguindo-a das folhas de um volume às folhas de outro, como uma borboleta de asas coloridas que se nutre de várias linguagens, confrontos, contradições" (Calvino, 2015, p. 116). Em outras palavras, o escritor entrelaça, ao mesmo tempo, duas imagens: a do livro como metáfora do mundo, e a do mundo como metáfora do livro.

No longo período em que esteve como editor da Einaudi, Calvino pôde aprofundar questões ligadas à literatura italiana e estrangeira, bem como acerca de sua própria criação artística. Ele já afirmou muitas vezes que o trabalho de editor não é nada fácil, que ser editor "transforma em pedra seu coração", pois é necessário responder de modo sincero às cartas de escritores e escritoras (não importa se já conhecidos por parte do público ou marinheiros de primeira viagem). Numa entrevista concedida em 1979, chegou mesmo a comentou que passou a maior parte do tempo de sua vida dedicada aos livros dos outros, não aos seus próprios. Qual relação há, no entanto, entre os livros dos outros e o seus? Em 1991, seis anos após sua morte, foi publicado *I libri degli altri*, no qual lemos uma seleção de cartas de Calvino como editor, cujos temas dizem respeito a propostas de publicação e a projetos editoriais da Einaudi. Nas cartas, além disso, há uma espécie de laboratório de escritura, ou melhor, de escrituras.

Em carta enviada a Renato Frosi, em 1955, o escritor disse: "Deixe de lado esses contos. Está claro que você não tem ideia de como se escreve hoje, precisa ler muitos autores modernos. Devolvo seu manuscrito. Espero-o daqui a alguns anos, anos de leituras e reflexões" (Calvino, 2022, p. 156, tradução nossa). A Carlos Álvarez, em 1964, recomendou: "O que o faz escrever tanto? Fale de si o menos possível. É o mundo visto com seus olhos que deve interessar, não a sua pessoa. A literatura nasce da dificuldade de escrever, não da facilidade" (Calvino, 2022, p. 480). Ao poeta, professor e tradutor Angelo Maria Ripellino, apontou: "O que havia de novidade, de anacronisticamente saboroso em sua primeira coletânea, aqui se torna facilidade. [...] Isso não deve desencorajá-lo" (Calvino, 2022, p. 393). Portanto, exercia seu papel como leitor e como editor com muita franqueza, apontando aos escritores o que poderia ser mais bem elaborado, pensado, revisto ou deixado de lado, sem deixar de lado o sabor do gesto anacrônico de leitura. Em todas as cartas transparece, sem dúvida, uma atenção minuciosa em relação ao outro, aos *livros dos outros* — estimulando, por meio de suas críticas, que os jovens escritores tracem caminhos a partir da lógica do desejo, e não daquela imposta pelos ditames e imediatismos do mercado. Poderíamos dizer, levando em consideração os nomes das coleções criadas por ele e por seu amigo Vittorini: para que formem um coral de vozes (Coralli), para que lancem outras fichas (Gettoni, criada por Elio Vittorini). Nesse lance permeado de riscos, algumas fichas caem, outras resistem à queda, e ainda há aquelas que tardam a cair. Ao longo de seu trabalho na Einaudi, Calvino cria coleções com o intuito de dar vida aos mundos que eram apresentados a ele como editor. Tal experiência, além disso, também alimenta suas narrativas ficcionais. Calvino, como grande leitor de Montaigne, compreendia que não apenas lemos os livros; eles também nos leem.

Em 1969, Calvino projeta a coleção Centopagine Einaudi, e em 1971 chegam às livrarias os primeiros títulos. Criar uma coleção é um modo de projetar concepções de leitura, voltadas ora ao passado, como no caso da coleção em destaque, ora ao futuro, como no caso da revista *Il Menabò* — ou, ainda, entrelaçadas por meio de tempos heterogêneos. Calvino comenta que o nome da coleção, Centopagine, não deve ser interpretado literalmente, pois serão publicados romances com menos ou mais de cem páginas. O critério de escolha levaria em consideração a intensidade promovida pela leitura dos textos, nacionais ou estrangeiros — por exemplo, traduções novas e reeditadas, caso dos autores russos. As edições vinham acompanhadas de uma tirinha que abraçava os livros, e nela era possível ler: "Centopagine é uma nova coleção da Einaudi que apresenta grandes narradores de todos os tempos e lugares. Eles não são apresentados em suas obras monumentais, nem em romances de grande escala, mas em textos que pertencem a um gênero não menos ilustre e de modo algum menor: o 'romance breve' ou o 'conto longo'". Foram publicados 77 livros até o ano de 1985, quando a coleção deixou de existir.

E, conforme Calvino destaca:

> Também haverá muitas traduções novas, em alguns casos de obras nunca publicadas na Itália, e propostas de títulos esquecidos ou raros sobre os quais a atualidade de nossos interesses lança uma nova luz. Igual a toda coleção de clássicos

> do romance, o século XIX continuará sendo uma mina inesgotável, um período (com o início do século XX) revisitado com nossos olhos de hoje sobre as obras-primas consagradas, com as perspectivas que ele abre às nossas explorações. Mas não faltarão as vozes dos séculos precedentes, seja como releitura dos clássicos, seja como proposta de novas descobertas. Esta angulação moderna de leitura será também indicada pelas introduções, escritas em grande parte por críticos e escritores italianos (Calvino, 2015, p. 149).

Em 1974, Calvino inaugura a Einaudi Biblioteca Giovani. Essa coleção traz a mesma marca de sua antecessora, ou seja, continua apresentando aos leitores italianos um fluxo e uma flutuação de narrativas distintas no tempo, no espaço, no ritmo e na linguagem. Ela será composta por cinquenta obras de narradores, historiadores e memorialistas famosos ou, pelo menos, já bem conhecidos pelo público jovem. Em suma, livros que sobreviverão ao tempo, livros que são aberturas a outros livros e a novos mundos, os quais podem e precisam ser reconhecidos:

> Da mentalidade mítica à científica, da ética cavalheiresca ao protesto social. Os cinquenta títulos são indicativos: cada um deles foi escolhido criteriosamente, nenhum é supérfluo. Mas isso não quer dizer que os livros só poderiam ser esses: assim como são cinquenta, poderiam se tornar cem — e certamente se tornarão, se não nesta série, como primeiro núcleo de leituras que se estende pelos anos, propagando-se nas escolhas posteriores de cada leitor. Enfim, cinquenta livros para ler e recordar: livros que se *abrem* para outros livros e para o mundo (Calvino, 2015, p. 156).

Calvino, portanto, pensa um tipo de narratividade da história distinta daquela ensinada nas escolas, que distancia os acontecimentos e personagens históricos dos leitores, pois fundada muito mais nas estruturas sociais, instituições, economia e interpretações ideológicas. Então, contra as mistificações anedóticas insurge-se outra forma de reativar uma dimensão da memória histórica por meio da ficção, sem que percamos, como ele bem ressalta, "um impulso decisivo de nossa participação consciente nas mudanças do mundo". Nesse sentido, está em jogo uma espécie de traduzibilidade, do modo de vir a ser dos textos, do modo de querer dizer algo que está em constante transformação e translação.

Em 1982, Italo Calvino profere a conferência *Traduzir é o verdadeiro modo de ler um texto*, no Congresso sobre Tradução, ocorrido em Roma. O ensaio foi publicado posteriormente em *Bollettino di Informazioni* (revista quadrimestral da Comissão Nacional Italiana para a Unesco, em 1985). Na apresentação, o autor argumenta:

> Mas traduzir nunca é fácil. Há casos em que as dificuldades são resolvidas espontaneamente, quase inconscientemente, pondo-se em sintonia com o tom do autor; no entanto, para os textos estilisticamente mais complexos, com diferentes níveis de linguagem que se corrigem reciprocamente, as dificuldades devem ser resolvidas frase a frase, seguindo o jogo de contraponto, as intenções conscientes ou as pulsões inconscientes do autor. Traduzir é uma arte: a passagem de um texto literário, qualquer que seja seu valor, para outra língua requer a todo instante uma espécie de milagre. Todos nós sabemos que a poesia em versos é intraduzível por definição; mas a autêntica literatura, inclusive em prosa, trabalha justamente na margem intraduzível de toda língua. O tradutor literário é aquele que se põe inteiramente em jogo para traduzir o intraduzível. [...] Tudo o que eu não havia notado ao escrever e que só agora descobria, relendo-me por causa da tradução. Traduzir é o verdadeiro modo de ler um texto, e acho que isso já foi dito muitas vezes; posso apenas acrescentar que, para um autor, refletir sobre a tradução de um texto seu, discuti-lo com o tradutor, é o verdadeiro modo de ler a si mesmo, de compreender bem aquilo que se escreveu e por quê (Calvino, 2015, p. 80-81).

Podemos nos questionar: o que significa, de fato, ler? O gesto da leitura tem apenas o sentido denotativo, à procura de definições, tal como buscamos, por vezes, em dicionários? Uma criança — a criança que tanto rechaçamos ao longo de nossas vidas — não se contenta com a mera leitura (*lectio*) de uma palavra no dicionário, uma vez que é atraída pela *delectatio* (pelo deleite!), ou seja, um uso transversal, imaginativo e imagético da leitura. Se ler o mundo significa entrelaçar as coisas do mundo segundo suas relações "íntimas e secretas", então nosso corpo segue em busca de analogias, de novos encontros, de novas multiplicidades. Ler, portanto, não apenas o que foi escrito, mas também o que nunca foi escrito. Eis uma grande tarefa de traduzibilidade. Insurge-se, nessa translação, uma nova figura.

Natalia Ginzburg (1916-1991) é mais conhecida entre nós como escritora, mas pouco sabemos de seu trabalho como editora e tradutora, os quais são de grande importância para a leitura de suas criações. Natalia tem uma relação de proximidade com a editora de Giulio Einaudi desde os anos 1930, sobretudo porque Leone Ginzburg, marido dela, foi um dos fundadores da Einaudi. Mas não só por isso. Em 1933, a escritora publica na revista *Solaria* seu primeiro conto, intitulado "Bambini". Dali em diante busca encontrar uma "voz impessoal". Em 1942, lança seu primeiro romance, *La strada che va in città*, com o pseudônimo Alessandra Tornimparte (obviamente por causa das leis raciais), e em 1945, logo após o fim da guerra, o reedita com seu nome de nascimento. Antes disso, em 1937, Ginzburg assina seu primeiro contrato de trabalho com a editora Einaudi, como tradutora de Proust, porém sem receber nenhum tostão pelo serviço. Isso, na verdade, conforme ela mesma diz, lhe dava liberdade para abandonar a tradução, caso o quisesse.

Em 1938, Natalia se casa com Leone Ginzburg, com quem teve três filhos: Carlo, Andrea e Alessandra. Por causa de atividades políticas ligadas à resistência contra o fascismo, Leone foi preso em 1943 e torturado até a morte, em 5 de fevereiro de 1944. A situação econômica da família se torna muito precária, então a autora decide procurar emprego para manter os filhos. Ela confessa que o caminho mais fácil seria tentar alguma coisa na Einaudi, mas isso também seria o mais difícil, uma vez que seu marido fora um dos fundadores. Em Roma, a editora estava sob a direção de Carlo Muscetta, amigo de Leone, com quem este foi preso. Carlo acolheu a escritora na sede romana da editora. Ainda em 1944, Natalia começa a trabalhar na Einaudi e rapidamente aprende todos os processos que envolvem a publicação de um livro; como ela ressalta, "antes, não sabia fazer nada". De início, começa a fazer revisões de textos de escritores italianos e, em seguida, dá início efetivamente ao trabalho como tradutora e revisora de traduções. Segundo os amigos, ela sempre trabalhou com muito ímpeto e era extremamente concentrada. Nos anos pós-guerra, as sedes da Einaudi passaram por muitas mudanças, novas coleções foram criadas, como a dos Poeti, dos Narratori contemporanei, dos Giganti e dos Narratori stranieri tradotti, e por unanimidade Natalia é eleita coeditora de todas as quatro coleções, ao lado de Cesare Pavese e Massimo Mila. Nesse momento, é transferida para a sede de Turim, cidade com a qual se identifica por uma série de questões políticas, e ali passa a receber muitos manuscritos de escritores já famosos e de autores desconhecidos. Porém, seu rigor era o mesmo quando se tratava de fazer a análise dos materiais.

A escritora era bastante criteriosa e atenta aos manuscritos que chegavam, e a partir da correspondência com os jovens escritores podemos entrar em contato com seus mundos, com seu universo crítico e criativo. O primeiro dado que emerge dos documentos editoriais de Natalia Ginzburg é sua atenção aos pormenores, quando lê e avalia um manuscrito; em outras palavras, desperta interesse seu jeito de analisar a forma por meio da qual os escritores contam a realidade — questão que, aliás, se faz presente em seus romances.

Logo no início de *Léxico familiar,* Natalia escreve uma advertência, e creio que seja importante retomá-la aqui:

> Neste livro, lugares, fatos e pessoas são reais. Não inventei nada: e toda vez que, nas pegadas do meu velho costume de romancista, inventava, logo me sentia impelida a destruir tudo o que inventara. [...] Embora extraído da realidade, acho que deva ser lido como se fosse um romance: ou seja, sem exigir dele nada a mais, ou a menos, do que um romance pode oferecer [...] Não sentia muita vontade de falar de mim. De fato, esta não é a minha história, mas antes, mesmo com vazios e lacunas, a história de minha família. Devo acrescentar que, no decorrer de minha infância e adolescência, propunha-me sempre a escrever um livro que contasse sobre as pessoas que viviam, então, ao meu redor. Este, em parte, é aquele livro: mas só em parte, porque a memória é lábil, e porque os livros extraídos da realidade frequentemente não passam de tênues vislumbres e estilhaços de tudo o que vimos e ouvimos (Ginzburg, 2009, p. 9-10).

Três ingredientes, portanto, são centrais para o mundo narrativo de Ginzburg nesse período: a dimensão memorial-autobiográfica, os estreitos ângulos visuais e a tangibilidade dos objetos descritos. Tais aspectos se fazem presentes nos conselhos que ela dá aos autores e autoras. Por vezes, faz uma comparação explícita entre sua própria escrita e a do autor ali em questão, como lemos, por exemplo, na carta enviada a Rosita Fusé, autora do projeto do romance *La morte non si è seduta sulle foglie secche.* Depois de ler o material, Ginzburg lhe escreve, em outubro de 1948:

> Tem gente — você e eu também — que não sabe dizer bem a não ser o que sabe de dentro para fora: não sabe inventar nada a não ser o que está muito próximo; outros escritores conseguem inventar do nada, mas é outra forma de escrever. Pessoas como eu ou como você só podem se permitir ângulos visuais muito pequenos, não importa: você só precisa saber e trabalhar apenas nesse sentido. O que é vital em seu romance é a história íntima de alguns personagens e alguns relacionamentos — as meninas, a mãe, o pai,

> até mesmo as velhas; a história de amor da garota e os pensamentos da garota são coisas muito bonitas, contadas com grande medida (Cannì, 2001, p. 169-170, tradução nossa).

No *Breviário de um escritor* (1964), de sua autoria, Natalia escreve:

> O escritor nunca pode esquecer a pesquisa. Deve estar no centro de seu trabalho. O escritor tem dentro de si uma multidão de interlocutores invisíveis, uma multidão indistinta e composta, entre a qual há rostos de amigos, rostos de estrangeiros, rostos de familiares, rostos de mortos. A relação com essa multidão escura e indistinta, muda e alerta dentro dele, está no centro de seu trabalho (Ginzburg, 2017, p. 173, tradução nossa).

Nesse sentido, vale muito a pena a leitura do estudo da pesquisadora italiana Giulia Bassi, intitulado «*Con assoluta sincerità*»: *il lavoro editoriale di Natalia Ginzburg (1943-1952)*, pois nele há muitas informações acerca do trabalho editorial da escritora. Numa passagem do livro, lemos:

> Quando Natalia Ginzburg começou a trabalhar na redação da Einaudi, em Roma, no outono de 1944, ela era a viúva de Leone Ginzburg, um dos fundadores. No verão anterior, imediatamente após a queda do regime fascista e pouco antes do armistício italiano com os Aliados e a invasão da Itália pelo exército alemão, ele havia sido nomeado diretor da sede romana.
>
> A entrada da escritora na Einaudi se deu, portanto, também graças à história e à relevância de seu nome: esse aspecto deve ser avaliado considerando-o especialmente como um dos fatores que lhe permitiram inverter as relações de poder entre homens e mulheres no local de trabalho; inversão que, no entanto, não teria acontecido se ela mesma não tivesse as habilidades e uma personalidade capaz de afirmar com força suas decisões e seu papel.

> Ainda assim, seu nome corria o risco de se sobrepor ao seu trabalho, justificando sua presença apenas como viúva de Leone Ginzburg, eclipsando sua presença por trás da importância que o marido teve na história da editora. Também por isso, nas cartas e atas sob o título «Natalia» (a única mulher a participar das reuniões do Conselho Editorial da Einaudi), ela também era a única a ser sempre mencionada pelo nome, e nunca pelo sobrenome, enquanto todos os homens da editora eram tratados por seus sobrenomes (Bassi, 2023, p. 15, tradução nossa).

Assim, ela opta por distanciar ao máximo sua ficção de uma escrita "pegajosa e sentimental" (defeitos considerados "femininos" e que poderiam desacreditar sua produção num contexto em que até mesmo a palavra "escritora" se referia aos "romances rosa"). Natalia Ginzburg no prefácio a *Cinque romanzi brevi e altri racconti*, de 1964, escreve:

> Tinha um horror sagrado à autobiografia. Sentia horror e pavor: porque a tentação da autobiografia era muito forte em mim, como sabia que facilmente acontece com as mulheres: e minha vida e minha pessoa, banidas e detestadas, poderiam repentinamente irromper na terra proibida de minha escrita. E tinha um verdadeiro terror de ser "pegajosa e sentimental", sentindo fortemente em mim uma inclinação para o sentimentalismo, defeito que me parecia odioso, porque feminino: e eu queria escrever como um homem (Ginzburg, 1964, p. 8, tradução nossa).

Em outras palavras, como traduzir a si mesmo? Retomo a questão da tradução abandonada. Em 1937, Leone Ginzburg e Giulio Einaudi convidam Natalia para traduzir *À la recherche du temps perdu*, de Marcel Proust, e como ela mesma diz: "Aceitei. A proposta era maluca, e fui louca por tê-la aceitado. Foi também de minha parte um ato de extrema soberba. Tinha 20 anos de idade". Natalia começou, portanto, a traduzir o primeiro volume dos sete, sob o título: *La strada di Swann.* Por causa da guerra, perdeu o material que havia traduzido até então, o qual foi reencontrado no pós-guerra, e em 1946 a editora Einaudi tinha em mãos o primeiro volume traduzido para o italiano. Ela levou oito anos para terminar o trabalho. Anos mais tarde, traduziu o romance de Flaubert, *Madame Bovary* — em italiano: *La signora Bovary*; aliás, é o terceiro título da coleção einaudiana Scrittori Tradotti da Scrittori, projetada por Giulio Einaudi. Natalia escreve uma nota à tradução, na qual manifesta suas preocupações e expressa as questões que estão em jogo no texto. A nota também foi publicada em *Il Manifesto*, em 5 de maio de 1983. Cito-a na íntegra, pois traz muitos elementos que podem ser pensados por nós:

> *Madame Bovary* [Nota da tradutora]
>
> Alguns acreditam que escritores traduzem melhor que outras pessoas. Não estou de acordo. Penso que, por vezes, traduzem bem; por outras, mal. Acredito que, para um escritor, traduzir um texto amado possa ser um exercício muito saudável, fortalecedor e vital. Porém, é importante que o tome como um exercício e que se comporte não como escritor, mas como tradutor, colocando-se à parte sempre que for possível, posicionando-se quando necessário.
>
> O escritor que decide traduzir um texto amado logo se dá conta de que está se preparando para fazer algo que não lhe é habitual. Tem diante de si algumas páginas escritas por outra pessoa, numa língua estrangeira, e precisa questionar o significado exato de cada palavra. Ama tais páginas e tem um enorme medo de destruí-las — aliás, sabe certamente que, tocando-as, as destruirá. Por isso, sente-se preso a uma atenção amedrontada e meticulosa, completamente estranha e desconhecida à sua índole. Quando escreve para si, sua relação com as palavras é totalmente diferente. É uma relação de escolha ousada, tirânica, apressada e imperiosa.

Ele sabe que, ao traduzir, esse tipo de escolha precisa ser abandonado. Portanto, agora as palavras são novas para ele. E, de qualquer modo, talvez para sempre, terá na presença das palavras um comportamento menos ousado, menos imprudente e mais humilde.

O escritor sente, ao traduzir um texto amado, uma nostalgia pungente da criação. Esse texto lança uma espécie de fogo em suas horas, que são frequentemente, quando não escreve, de cinzas. Além disso, quando não escreve, muitas vezes lhe ocorre constatar, mesmo que por um instante, que caiu num silêncio seco. Procurando nos dicionários as palavras para traduzir, e procurando-as na confusão de sua mente, mexe num enxame dentro de si, o qual o ataca. Isso lhe dá alegria e o aproxima da possibilidade de sentir novamente a fecundidade da criação.

Não acredito que o escritor tenha que realizar, ao traduzir, um ato de apropriação. Acredito muito mais que deva possibilitar seu próprio desaparecimento. Seu estilo, que não usa naquele momento, definha em suas mãos, como uma espécie de instrumento inútil. Porém, não é capaz de se separar dele enquanto pensa, e, sendo-lhe impossível tal separação, de vez em quando o acaricia dentro de si em segredo, pensando no tempo em que precisará usá-lo novamente. Isso lhe dá um sentido de emoção confusa e de impaciência. Mas sabe bem que traduzir exige, ao contrário, uma paciência suprema. Assim, entre paciência e impaciência, entre meticulosidade e excitação, o escritor se encontra caminhando numa região que lhe é completamente desconhecida. Porque, na verdade, mesmo que tenha traduzido ao longo de sua vida um certo número de obras amadas, às vezes se esquece desse estranho exercício, sendo obrigado a aprendê-lo de novo, começando do zero.

Seu desaparecimento é para ele uma coisa muito nova, visto que está acostumado a pensar intensamente em si, quando escreve para si, tendo os olhos fixos na confusão de sua mente. Agora é forçado a desviar os olhos de si, fixando-os no mundo de um outro. Se é um mundo amado, escancara-se diante desse mundo, deseja ser invadido, governado e comandado por ele; enfim, quer obedecer. Quando ele mesmo escreve, comporta-se habitualmente, como soberano. Mas, agora, ao contrário, sente que deve se comportar como servo. Traduzir é servir. Porém, resta-lhe uma espécie de soberania oculta: aquela destinada aos servos dos soberanos, quando vivem em estreita intimidade com eles, respirando sua amada grandeza, eliminando sobre as rugas de sua testa os desejos e os desenhos.

Traduzir significa colar-se e agarrar-se a cada palavra, perscrutando seu sentido. Seguir, passo a passo e fielmente, a estrutura e as articulações das frases. Ser como insetos sobre uma folha ou como formigas num formigueiro. Precisa, no entanto, manter os olhos erguidos para contemplar toda a paisagem, como se estivesse no cume de uma colina. Mover-se muito devagar, mas também com muita pressa, porque em extrema lentidão está e deve estar também presente o impulso de devorar a estrada. Ser formiga e cavalo ao mesmo tempo. O risco sempre é tornar-se muito cavalo ou muito formiga. Ambas as coisas estragam a obra. A lentidão da formiga não deve aparecer, muito menos a corrida do cavalo. As palavras nascidas com lentidão não devem parecer rastejantes ou mortas, e sim frescas, vivas e impetuosas. Traduzir é, portanto, estar situado nessa contradição que parece insanável. Imaginemos se, tendo que lutar todos os dias com uma semelhante contradição, o escritor pudesse também arrastar por trás do peso de sua pessoa o estorvo de seu estilo. Não, é muito melhor que, por um momento, o deixe de lado. Formiga e cavalo, soberano e servo ao mesmo tempo, o escritor é capaz de conhecer-se, ao traduzir, em alguns vestígios e em uma nova condição (Ginzburg, 2001, tradução nossa).

Em última análise, Natalia Ginzburg buscou escapar dos binarismos — ser apenas formiga ou ser apenas cavalo —, para pensar a mutação existente entre as duas figuras, provocando metamorfoses, pois era consciente dos riscos reais oriundos da ideia de unidade e totalidade. Ela atravessou o fascismo e sobreviveu a ele, mas não sem traumas, traduzindo, ficcionalizando e editando suas experiências. Italo Calvino, a seu modo, não apenas deu ouvidos ao mundo escrito, mas também ao não escrito. Eis a tarefa da edição, eis a tarefa da tradução: a traduzibilidade, figuração de mundos.

REFERÊNCIAS

BASSI, Giulia. *«Con assoluta sincerità»*: il lavoro editoriale di Natalia Ginzburg (1943-1952). Firenze: Firenze University Press; Siena: USiena Press, 2023.

CALVINO, Italo. *I libri degli altri*: lettere 1947-1981. Organização de Giovanni Tesio. Milão: Mondadori, 2022.

CALVINO, Italo. *Mundo escrito e mundo não escrito*. Tradução de Maurício Santana Dias. São Paulo: Companhia das Letras, 2015.

CANNÌ, Giana. *Natalia Ginzburg alla casa editrice Einaudi*. Roma: Carocci, 2001.

GINZBURG, Natalia. La signora Bovary — Nota del traduttore. *In*: GINZBURG, Natalia. *Non possiamo saperlo*: saggi 1973-1990. Turim: Einaudi, 2001.

GINZBURG, Natalia. *Léxico familiar*. Tradução de Homero Freitas de Andrade. São Paulo: Cosac Naify, 2009.

GINZBURG, Natalia. *Breviario di uno scrittore*. Scritti, lettere e pareri editoriali

(1944-1966). *In*: GRIGNANI, Maria Antonietta; SCARPA, Domenico (org.). *Autografo*, Pavia, n. 58, 2017. p. 167-198.

GINZBURG, Natalia. *Cinque romanzi brevi e altri racconti*. Turim: Giulio Einaudi, 1964.

Elsa Morante, leitora de Fra Angelico

> *"Ontem sonhei com Odradek."*
>
> [ELSA MORANTE, *Diário*, 1938]

A editora Rizzoli, de Milão, inaugurou, em 1966, sua primeira coleção de arte, intitulada Classici dell'Arte. Cada volume era monográfico, trazendo, quase sempre, um prefácio de um escritor ou de uma escritora italiana — uma espécie de investigação de como o prefaciador lê as obras de arte. Paolo Volponi, por exemplo, escreveu o prefácio ao volume dedicado a Masaccio; Dino Buzzati, ao volume dedicado a Bosch. Elsa Morante também foi convidada, em 1970, para escrever uma apresentação para uma das edições. As opções que lhe foram dadas eram poucas, então a escritora decidiu escolher entre elas a obra do Beato Angelico. Seu prefácio "*Il beato propagandista del Paradiso*" foi posteriormente incluído na seleção de ensaios de *Pró ou contra a bomba atômica*.

Por que Elsa Morante decidiu escrever sobre a obra de Beato Angelico, se ela mesma, em sua apresentação, anota que "na realidade, meus santos na pintura possuíam outros nomes: por exemplo, Masaccio, Rembrandt, Van Gogh" (Morante, 2022, p. 130)? Há um rastro que podemos seguir a partir da passagem que segue:

> De fato, os santos da arte são reconhecidos por mim porque levam no corpo os sinais comuns da cruz materna, a mesma que é cravada em todos nós. Os seus corpos puderam, por

> terem cometido autoflagelo, até a consumação, até a ruína comum, diferentemente dos nossos, tornar-se iluminados de saúde (Morante, 2022, p. 130).

Beato Angelico, embora tenha "nascido com seu corpo iluminado", não será rechaçado pelo pensamento de Elsa Morante, pois ele, desde a juventude da escritora, faz parte da lista de artistas aos quais Elsa pedia "a difícil caridade de responder às (suas) perguntas mais desesperadas e confusas" (Morante, 2022, p. 130). O ensaio "O beato propagandista do paraíso", que a crítica literária italiana, no entanto, ainda não fez questão de confrontar, remonta uma arqueologia[22], caso sigamos alguns pontos de insurgência de seu amigo filósofo Giorgio Agamben. Comecemos por um deles: a figura do pintor, ou melhor, o religioso-pintor de figurações, cujo gesto faz irromper ainda em nosso presente vestígios do passado, que traçam, por sua vez, leituras críticas imagéticas.

O poeta e ensaísta Yves Bonnefoy, no ensaio "A obra de Fra Angelico", publicado no número 105 da revista *Critique*, em fevereiro de 1956, posteriormente incluído em *Lo improbable*, em 1959, traz à tona algumas características a respeito do Beato, que, aliás, remetem ao texto "*Fra' Giovanni da Fiesole: pittor Fiorentino*", de Giorgio Vasari, presente em *Le vite de' più eccellenti architetti, pittori et scultori italiani, da Cimabue insino a' tempi nostri* (1550). Vasari

---

22 "Podemos chamar provisoriamente de 'arqueologia' aquela prática que, em cada pesquisa histórica, não tem a ver com a origem, mas com o ponto de insurgência do fenômeno e deve, por isso, confrontar-se novamente com as fontes e com a tradição. E não pode rivalizar com a tradição, sem desconstruir os paradigmas, as técnicas e as práticas através das quais ela regula as formas da transmissão, condiciona o acesso às fontes e determina, em última análise, o mesmo estatuto do sujeito conhecido. O ponto de insurgência é, portanto, aqui, ao mesmo tempo objetivo e subjetivo e se situa, ao contrário, numa soleira de indecibilidade entre o objeto e o sujeito. Essa nunca é o emergir do fato sem ser, também, a emersão do próprio sujeito conhecido: a operação sobre a origem é, ao mesmo tempo, uma operação sobre o sujeito" (Agamben, 2008, p. 90).

compreendia Beato Angelico como um predicador por excelência, já que, antes mesmo de pegar em pincéis, ele fazia orações para pintar seus afrescos e jamais os retocava, pois o primeiro gesto manifestava a vontade de Deus. Além disso, não havia uma única vez em que não chorasse, por exemplo, quando da finalização da pintura de uma cruz, como nos informa Giorgio Vasari (2011, p. 363-364). Yves Bonnefoy, assim, também não deixou de ressaltar uma certa imagem unívoca em torno do artista, predicando que "o mais perigoso dessa imagem convencional era certamente a ideia de um Fra Giovanni artesão, despreocupado com os problemas da pintura e, em todo caso, das investigações de sua época" (Bonnefoy, 1998, p. 116, tradução nossa).

De acordo com a leitura de Bonnefoy, o estudo de Giulio Carlo Argan, *Fra Angelico*, publicado na Suíça em 1955, foi muito importante para conseguir aprofundar a questão da relação entre o religioso e o pensamento humanista, a qual foi obscurecida em detrimento de sua santidade e da compreensão de sua pintura como uma expressão espontânea de uma crença religiosa (Argan, 1955).

Seguindo outro caminho, Bonnefoy sublinha que foi precisamente Roberto Longhi quem aproximou a obra de Fra Angelico, em especial entre os anos 1420-1440, à pintura de Masaccio — o qual, por sua vez, estava muito mais "a serviço" do humanismo renascentista, isto é, antropocêntrico. Percebe-se, assim, que, por um lado há uma postura que o quer exclusivamente como devoto e que o nomeia "Beato Angelico", e por outro uma visão que deseja apreendê-lo numa visão antropocêntrica, que prefere chamá-lo de Giovanni da Fiesole. Argan, no entanto, não aceita a tese que estabelece uma filiação direta da obra de Angelico àquela de Masaccio, enquanto Roberto Longhi a defende, tendo como principal fundamento a leitura de Vasari. Além disso, Longhi rejeita a leitura historiográfica do século XIX, que reduz os afrescos de Beato Angelico, nas celas do Convento de São Marcos, a meras representações devocionais. Roberto Longhi argumenta que:

> Argan passa, de fato, a falar de um Angelico "tomista"; tal posição é exagerada. Não é uma questão difícil, sabemos, citar mais de uma passagem de São Tomás em que fala de luz e de cores (tanto que seria necessário regressar a Santo Agostinho e, talvez, até Plotino), mas, pela contradição que não o permite, nunca será lícito assumir que se trate da luz e das cores como Angelico as compreendia e via, muitos séculos depois; e que, realmente, chegavam até ele através das novas observações físicas e (para os novos tempos) realistas dos seus grandes amigos (Longhi, 1985, p. 46, tradução nossa).

Yves Bonnefoy também parece não aceitar totalmente a perspectiva de Roberto Longhi, pois uma posição não se sobrepõe à outra, ou seja, talvez Bonnefoy estivesse chamando nossa atenção para lermos os afrescos do religioso-pintor dominicano a partir de uma leitura ambivalente:

> No entanto, é preciso, por isso, abolir toda memória do homem religioso que foi Fra Angelico? O mérito do livro de Argan, a propósito de Fra Angelico, em relação à crítica mais recente foi ter aprofundado a velha questão de sua personalidade religiosa, fazendo da análise do estilo, tal como atualmente é possível, um meio de alcançar o segredo de sua pintura. Há uma significação das suas formas. E sua indagação, aplicada àquilo que por muito tempo foi admirado sobretudo como lindas imagens de piedade, irá descobrir que Angelico foi, de alguma maneira, um doutrinário, um propagandista, um homem de ação, um sujeito a serviço da Igreja. E, por outro lado, já que foi também pintor, irá mostrá-lo conscientemente comprometido, embora sem paixão, numa crítica da revolução iniciada por Masaccio, cuja doutrina irá recusar — sem deixar, porém, de se apropriar de algumas de suas virtudes. Porque sentia a necessidade de uma renovação mensurada, que teria descartado algumas rotinas da arte religiosa e renovado um vocabulário

> extinto em benefício das ideias antigas. Ao mesmo tempo, arcaico e modernista, artesão (talvez, não sem ostentação) e teólogo, Fra Angelico aparece como o perfeito dominicano, já que se define dialeticamente por uma discussão, e, em seu projeto, pelo apostolado (Bonnefoy, 1998, p. 117-118).

Dessa forma, Bonnefoy procura, antes, ler a fresta entre as duas posições, visto que não ignorou o fato de que Giovanni da Fiesole, tornado "Angelico" por Vasari e beatificado pelo papa João Paulo II, em 1982, viveu a passagem do século XIV ao XV na Itália — ou seja, sua "forma de vida" se situa na soleira entre dois períodos históricos repletos de conflitos e de ambivalências. O interstício presente em seus afrescos, que Bonnefoy vislumbrou mas não aprofundou, foi retomado pelo crítico de arte Georges Didi-Huberman, embora chame nossa atenção o fato de ele ter deixado deliberadamente de fora a leitura de Yves Bonnefoy.

Didi-Huberman, em maio de 1986, apresenta no seminário *Histoire/Théorie de l'Art*, da École des Hautes Études en Sciences Sociales, a primeira parte de sua pesquisa realizada em Florença, intitulada *Couleurs du mystère: Fra Angelico, peintre du dissemblance.* Em outubro do mesmo ano, apresentou a segunda parte, *Lieux prophétiques: l'annonciation au-delà de son histoire*, no congresso sobre a "anunciação", também em Florença, na Villa I Tatti (Institut Français de Florence). Os dois estudos foram publicados posteriormente, em 1990, no volume *Fra Angelico. Dissemblance et Figuration.* O que nos intriga durante a leitura do estudo arqueológico empreendido pelo crítico, além da ausência já destacada, é a falta de referências ao livro *Fra Angelico*, de Giulio Carlo Argan, assim como ao ensaio "*L'Angelico, non sempre al convento*", de Roberto Longhi, ambos publicados curiosamente em 1955. No entanto, não estou aqui reivindicando a falta em detrimento de uma suposta totalidade, pois em toda aproximação também há um distanciamento, ou como nos apontava Jacques Derrida: "O arquivo começa pela seleção, e essa seleção é uma violência" (Derrida, 2012, p. 130). Portanto, elaboremos a falta, lendo alguns vestígios dos gestos de Beato Angelico em companhia da leitura de Elsa Morante.

Inicialmente, o que seriam, então, os corpos misteriosos e todas as manchas disseminadas nos afrescos do Convento de São Marcos? A biblioteca do convento dá indícios ao crítico francês, permitindo-lhe recriar imageticamente espaços de desvios por meio de tempos heterogêneos. Didi-Huberman anota:

> Aos corpos misteriosos, correspondem matérias pictóricas misteriosas ou, em todo caso, matérias desconcertantes na ordem familiar do visível. Mas essa lógica da "conversão visual" do mistério não bastava para fundar historicamente a hipótese. O elemento decisivo surgiu da constatação de que essa conversão visual foi efetivamente concebida, elaborada e difundida por toda uma tradição teológica que exaltava justamente a dissemelhança, a *dissimilitudo*, como ideal e perfeição das figuras do divino. Essa tradição foi construída pelas obras fundamentais do Pseudo-Dionísio, o Areopagita — obras lidas, traduzidas e comentadas durante toda a Idade Média (Didi-Huberman, 1995, p. 15, tradução nossa).

Angelico, por volta dos anos 1440-1445, pintou afrescos nas celas do convento, e ali teve acesso à tradição teológica que habitava a biblioteca, transmitida por meio de manuscritos gregos e latinos redescobertos, que eram discutidos sob a permissão de Santo Antonino. Movendo-se a partir de tais documentos, Didi-Huberman chega à hipótese que será sustentada ao longo de seu livro:

> A hipótese fundamental deste livro é que a *dissemelhança* pode constituir o meio privilegiado de uma *mise au mystère* dos corpos, meio pelo qual os puros *acervos de cores* do Beato Angelico, no corredor do Convento de São Marcos, num certo sentido representam o ápice, o exemplo-limite (Didi-Huberman, 1995, p. 15).

Beato Angelico, *Madonna delle ombre*, 1438-1450,
Convento de São Marcos, Florença.

Beato Angelico, detalhe de *Madonna delle ombre*, 1438-1450, Convento de São Marcos, Florença.

Beato Angelico pintava *figurae* no sentido latino e medieval, e não no sentido renascentista, quando as imagens começaram a ser transformadas em símbolos. Tais figuras não se reconheciam em seu formato exterior, realizando constantemente uma transferência, um desvio para fora de toda semelhança. Portanto: onde se deseja impor uma ordem lógica, surge um equívoco; onde se quer impor reconhecimento por meio de semelhanças, no visível, surgem dissemelhanças.

Se as figuras fazem parte do âmbito da exegese textual, ou seja, se elas se relacionam com a Sagrada Escritura, isso não significa que a representem, já que essas figuras não são senão criações exegéticas, vestígios de um contato. Se o Renascimento as leu como símbolos, compreendendo as cenas sagradas como representações, e, além disso, ilustradas aos olhos dos "ignorantes", que não podiam ler os textos sagrados e, por consequência, não podiam interpretar tais cenas por meio da visão (efeito de causa-consequência), os afrescos do beato propagandista do paraíso testemunham o irrepresentável, o mistério. Há uma translação constante de uma figura a outra, e essa dança, se assim podemos nomear esse movimento, é repleta de mimetismos e translações. Em outras palavras, uma espécie de terceiro incluído. Como bem observa a filósofa Maria Filomena Molder, em "O terceiro incluído: breves meditações sobre o dizível e o indizível":

> Há qualquer coisa de profundamente doentio, mesmo perverso, em caluniar, num lamento que se julga a si mesmo elevado, a linguagem como incapaz de ser o que é, linguagem. Mas, em rigor, o lamento tem origem numa pretensão que lança em voto sobre a linguagem incapaz de reconhecer e de experimentar o que ela é, não uma coisa, não uma pedra nem árvore nem estrela nem homem nem mulher, mas desejo de dizer. Por isso, mistério é que haja o dizer, não o indizível. O indizível aponta para uma tensão que o dizível transporta, não é um estranho à palavra, pelo contrário, a palavra concentra e guarda, às vezes petrifica de tão glorificado, um movimento, uma promessa, uma inquietação, inerentes a ela mesma e a que só ela pode acudir, que só ela pode engendrar (Molder, 2017, p. 149).

Desse modo, o campo exegético[23] dos afrescos de Beato Angelico, enquanto transfigurações de linguagens, são uma espécie de método desviante, em cujos traços há uma "poética — desconcertante para os espíritos positivistas, sem dúvida — criadora de enigmas, visto que seu objeto continuava sendo, de fato, o mistério. Uma poética

---

[23] "O que é a exegese? Etimologicamente, é o ato de *conduzir para fora de* algo. A exegese de uma história bíblica se desenvolverá, assim, como uma espécie de procedimentos e de associações capazes de nos levar para fora da história, em direção à profundidade moral, ou doutrinal, ou mística, do seu sentido *figurado*" (Didi-Huberman, 1995, p. 17).

em que surgiam apenas translações e condensações, uma poética próxima ao sonho e ao fantasma" (Didi-Huberman, 1995, p. 17-18, tradução nossa). Essa poética figural faz vacilar o visível, e o espectador diante dessas figuras e dessas manchas vacila, pois é rompida a lógica que impõe à vista a apreensão do visível. Tais manchas são o grau zero da visibilidade. Didi-Huberman lança a hipótese de que as "zonas multicoloridas, na pintura de Beato Angelico, funcionam mais como operadores de uma *conversão do olhar* do que como signos icônicos: diante daquelas zonas coloridas não é possível discernir nada" (Didi-Huberman, 1995, p. 91)[24]. Estariam parodiando alguma coisa?

Giorgio Agamben, ao discutir a questão da paródia nos romances de Elsa Morante, escreve que "na Literatura, é um teorema óbvio, para Elsa, que a vida pode ser apresentada unicamente como um mistério" (Agamben, 2007, p. 40). Morante, em fevereiro de 1965, ou seja, cinco anos antes da publicação do texto sobre o Beato Angelico para a coleção da Rizzoli, proferiu três conferências na Itália: uma no Teatro Carignano, de Turim, uma segunda no Teatro Manzoni,

---

[24] Em "A inelutável cisão do ver", de outro livro, o autor também escreve: "Sem dúvida, a experiência familiar do que vemos parece na maioria das vezes dar ensejo a um *ter*: ao ver alguma coisa, temos em geral a impressão de ganhar alguma coisa. Mas a modalidade do visível torna-se inelutável — ou seja, voltada a uma questão do *ser* — quando ver é sentir que algo inelutavelmente nos escapa, isto é: quando ver é perder. Tudo está aí. Está claro, aliás, que essa modalidade não é nem particularmente arcaica, nem particularmente moderna, ou modernista, ou seja lá o que for. Essa modalidade atravessa simplesmente a longa história das tentativas práticas e teóricas para dar forma ao paradoxo que a constitui (ou seja, essa modalidade tem uma história, mas uma história sempre anacrônica, sempre a 'contrapelo', para falar com Walter Benjamin). Já se tratava disso na Idade Média, por exemplo, quando os teólogos sentiram a necessidade de distinguir do conceito de imagem (*imago*) o de *vestigium*: o vestígio, o traço, a ruína. Eles tentavam assim explicar que o que é visível diante de nós, em torno de nós — a natureza, os corpos — só deveria ser visto como portando o *traço de uma semelhança perdida*, arruinada, a semelhança a Deus perdida no pecado" (Didi-Huberman, 1998, p. 34-35).

de Milão, e outra no Teatro Eliseo, de Roma — todas elas nomeadas como *Pró ou contra a bomba atômica*. Essa intervenção pública é muito singular, pois ela segue por três cidades italianas com o intuito de compartilhar seu pensamento crítico e político sobre a cultura de morte e de irrealidade que estava sendo disseminada na Europa naqueles anos. O suicídio de seu amigo Bill Morrow, em 1962, como já discutimos, a marcou profundamente. Ela também estava, nesse período, angustiada por uma série de acontecimentos históricos. A escritora, portanto, acompanhava a propagação da cultura da morte com muito temor, vendo sua expressão máxima na bomba atômica:

> Poderíamos dizer que a humanidade contemporânea experimenta a tentação oculta de desintegrar-se. Insinuar-se-á que a primeira semente dessa tentação se deu fatalmente no nascimento da espécie humana, desenvolvendo-se com ela; e por tudo isso, o que acontece hoje é nada mais do que a crise necessária do seu desenvolvimento. No entanto, isso faz com que a hipótese seja proposta novamente. É conhecida, e agora vulgarizada, a presença simultânea na psicologia humana do instinto de vida (Eros) e do instinto de morte (Tanatos). Até poderíamos, a propósito deste último, em teoria, sem arbítrio lógico, ler as Sagradas Escrituras de todas as religiões a partir da interpretação pressuposta de que todas, e não somente a religião indiana, ensinam o aniquilamento final como o único ponto de beatitude possível. E, de fato, alguns psicólogos falam de um *instinto do Nirvana* no homem. Porém, enquanto o Nirvana prometido pelas religiões for experimentado por via da contemplação, da renúncia de si mesmo, da piedade universal — em suma, através da unificação da consciência —, chegar-se-á justamente pela desintegração da consciência ao seu maligno sub-rogado pequeno-burguês, compreendido pelos nossos contemporâneos por meio da injustiça, da alienação mental organizada, dos mitos degradantes, do tédio convulsivo e

> feroz, e assim por diante. Enfim, as famosas bombas, essas baleias orcas que se encontram dormindo nos bairros mais protegidos da América, da Ásia e da Europa: preservadas, defendidas e mantidas no ócio, como se estivessem num harém: dos totalitários, dos democráticos e de todos; elas, o nosso tesouro atômico mundial, não são a causa potencial da desintegração, mas a manifestação necessária desse desastre já ativo em nossa consciência (Morante, 2022, p. 109-110)[25].

A decisão de escrever a respeito das figurações de Beato Angelico surge, portanto, no mesmo instante em que a escritora acompanha a desintegração da vida humana, novamente ameaçada por "nosso tesouro atômico mundial". Elsa argumenta que, diferentemente do beato (herdeiro de muitos pais), todos nós estamos órfãos e não conseguimos mais ouvir as vozes dos mortos por causa do "fracasso atômico que nos ensurdece" (Morante, 2022, p. 130). A escritora parece, porém, sentir um remorso no que diz respeito ao pintor:

> Aos artistas, assim como aos santos, nós pedimos a difícil caridade de responder às nossas perguntas mais desesperadas e confusas; no entanto, somente alguns entre eles

---

[25] Por volta dos anos 1970, Elsa Morante escreveu o *Piccolo manifesto dei comunisti (senza classe né partito)*, que apenas foi publicado em 1988, ou seja, três anos após a morte da escritora, na revista *Linea d'Ombra*. Nesse manifesto ela ataca todo tipo de poder, "o qual se configura imediatamente na sociedade humana, universalmente e desde sempre fundada e fixada no binômio: patrões e servos — explorados e exploradores". No tópico 10 do manifesto, lemos: "Numa sociedade fundada no Poder (assim como TODAS as sociedades que existiram até então e ainda hoje existentes), um revolucionário não pode fazer outra coisa (mesmo que sozinho) contra o Poder, afirmando (com meios de dentro dos limites pessoais, naturais e históricos que lhe foram dados) a liberdade do espírito de todos e de cada um. E é seu direito e dever fazê-lo a qualquer custo: também, em última instância, a custo de serem abocanhados. É o que fizeram Cristo, Sócrates, Joana D'Arc, Mozart, Tchekhov, Giordano Bruno, Simone Weil, Marx, Che Guevara etc., etc., etc." (Morante, 2004, p. 7-11, tradução nossa).

> parecem nos prometer uma resposta, igualmente como nossos parentes que, além dos confins e das datas, comunicam-se com todos nós na mesma língua materna. Outros nos evitam, tratando-nos como estrangeiros: e um daqueles, em relação a mim (desde as minhas primeiras perguntas imaturas), foi o pintor Angelico. Tanto que hoje, neste momento em que me encontro, voltar aos retiros onde o beato viveu, parece-me quase uma viagem de ficção científica (Morante, 2022, p. 131).

Elsa não deixa de declarar que sente inveja do beato pintor: "Talvez, as minhas resistências em relação ao beato pintor são culpa, sobretudo, da minha inveja. Na realidade, mais do que o significado de *santo*, aqui, para mim, *beato* soa mais como *sortudo*, ou *felizardo*" (Morante, 2022, p. 132). Em outras palavras, a sorte dele, segundo a escritora, seria não ter vivido num mundo em desintegração, constantemente ameaçado pela bomba atômica, onde as pessoas leem as escrituras sombrias do progresso tecnológico[26]. Elsa Morante (2022, p. 130), porém, não descarta que "mesmo o beato possa ter conhecido um conflito semelhante aos nossos". Em nossa época, os conflitos advêm de "barcos voadores, ou barcos lança-mísseis, ou barcos atômicos, ou como queiram chamar, que nos prometem voar à velocidade da luz". No caso do Beato Angelico:

---

[26] "A minha (nossa) pobre língua materna cresceu na fábrica deformante das cidades degradadas, entre as lutas evasivas dos mecanismos escravistas, e entre as repugnantes e contínuas tentações da deformidade. Recebendo por doutrina imposta — como cânones de fé ecumênica — as escrituras sombrias do progresso tecnológico, os mensageiros obsessivos da mercadoria e as anunciações espectrais da Jerusalém industrial, a nossa língua retirou-se para procurar as suas imagens de saúde, excluindo qualquer igreja. E forçada a utilizar, desde a infância, as gírias obrigatórias da ficção coletiva, limitou-se a reinventar um léxico próprio, retirando-o, talvez, de algum vocabulário exótico, indecifrável para os seus contemporâneos, desejando oferecer novamente o seu tesouro, quem sabe, de seus lixos, mais do que de suas lojas" (Morante, 2022, p. 130-131).

> Ao contrário (eis aqui ainda a sua sorte), não tinha o que fazer a não ser dar dois passos. O seu barco de confiança estava lá ancorado, esperando por ele no convento de S. Domingos de Fiesole, fundado pelo seu pai Dominici e ordenado pelo seu pai Pierozzi. Lá em meio ao verde, que é a cor da ressurreição e do descanso; e em meio ao turqui, que é a cor do nascimento (Morante, 2022, p. 137-138).

Elsa Morante, porém, entendia as figuras do religioso-pintor como uma espécie de serviço pedagógico aos mais humildes, aos idiotas, que não sabiam ler nem escrever? As cenas dos afrescos, para ela, eram apenas representações da Sagrada Escritura?

> Também sobre isso o instruía o seu mestre Antonino: advertindo-o de que, nas igrejas, são feitas "as pinturas devotas... que são chamadas no decreto pelo título *Livros dos idiotas*: estes não sabiam ler, então para eles se representou o fervor... onde o espírito acorda para acompanhá-los...". Portanto, deveríamos deduzir disso que ele, depois de ter lido o volume das inteligências inexprimíveis, limitava-se ao *Livro dos idiotas* por um artifício propagandístico? Não, absolutamente (Morante, 2022, p. 140).

Beato Angelico, no período em que esteve no Convento de São Marcos, levou ao limite sua poética figural. Seus afrescos abrem um abismo diante de nossos olhos, criando uma relação ambivalente complexa entre presença e ausência. Morante parece não desprezar toda essa relação enigmática e misteriosa: "Tal paradoxo ausência-presença é vivido paradoxalmente por Angelico: enquanto artista e religioso". O lugar da ausência para os poetas, segundo a autora, é a lírica —, e no caso do pintor, é o Convento de São Marcos:

> Os afrescos do Convento de São Marcos são as líricas do Beato Angelico: tanto que ele podia pintá-las (como se diz comumente) de olhos fechados, já que então as cores não

> lhe eram transmitidas pelo sentido visual, mas pela memória, que é outro testemunho da luz. Na ausência do tempo e do espaço tudo é memória: o acontecimento presente, aquele que já ocorreu e aquele que ainda deve acontecer. Dessa forma, nos afrescos anônimos (a autografia não importa à arte-oração), o pintor *se lembrou* dos mistérios gozosos, dolorosos e gloriosos (Morante, 2022, p. 144).

A escritora, assim, se refere à pintura como campo de exegese (acontecimento que ainda deve acontecer) e como arte da memória. Memória, no entanto, não entendida enquanto espécie de imobilidade que vem do passado, pois o que está em jogo é a relação entre tempos heterogêneos. Por outro lado, é importante destacar que a arte da memória (*ars memoriae*), na Idade Média, era a arte que forma figuras das coisas que se deseja ter em mente, impondo, por isso, a necessidade de que tais figuras possam ter lugar. E ter lugar, nesse contexto, significa tocar os extremos do corpo e da linguagem. Segundo Didi-Huberman:

> Compreende-se, nessas condições, como a arte figurativa religiosa nunca se permitiu construir os seus lugares como simples espaços unitários e as suas temporalidades como simples histórias contadas. Esses lugares colocam vários espaços e diversas histórias em relação de associação, mesmo quando existe uma única imagem. São *lugares de memória* no sentido muito preciso que a *ars memoriae* — que, não por acaso, constitui uma das estruturas epistêmicas mais significativas da Idade Média — atribuía a esse termo: vastos sistemas de imagens e de lugares feitos para *lembrarmos* um dos outros (Didi-Huberman, 2008, p. 156, tradição nossa).

O pintor das semelhanças dissemelhantes, por volta dos anos 1445, foi chamado pelo papa Eugenio IV — que havia vivido por algum tempo em Florença, tornando-se um grande admirador da obra do artista — a figurar alguns afrescos em Roma. Os primeiros que ele pintou em uma das capelas da Basílica de São Pedro, com características especialmente humanistas, foram destruídos à época de Júlio II. Durante o período em que esteve na cidade, morou no Convento de Santa Maria sobre Minerva. Após a morte do papa Eugenio IV, foi eleito seu sucessor Nicolò V, o qual novamente solicitou os serviços do pintor dominicano, para que pintasse afrescos na Capela Niccolina, do Vaticano. O pintor, porém, não mais realizava sozinho sua pintura-oração, passando a contratar alguns ajudantes, entre eles Benozzo Gozzoli. Os afrescos foram realizados entre os anos 1447-1448 e se encontram em três paredes, nas quais se veem as *Storie dei protomartiri Stefano e Lorenzo*, os *Evangelisti* e as oito figuras em tamanho natural com os *Padri della Chiesa*. Eles foram os únicos que restaram em Roma e mostram não mais figuras com toda sua força exegética, e sim — visto que, agora, refletiam o poder e a suntuosidade do papado — representações de corpos sólidos que se movem em uma arquitetura majestosa, repleta de perspectivas bem ao gosto do Renascimento. Tal como afirma Elsa Morante: "O destino do frade Giovanni não repousará na lírica", pois "a Capela Nicolina, no Vaticano, é o poema histórico do Beato" (Morante, 2022, p. 145). Em tal confronto, ainda segundo a escritora:

> O grande Giovanni quase remove de dentro de si a presença inevitável de Guidolino, com seus jardins primordiais, igualmente como a nostalgia da intimidade do Convento de São Marcos. Ele não questiona mais as luzes da natureza e da memória, mas os espelhos monumentais do antigo Classicismo e do novo Humanismo: adequando seu canto de amor à sua eloquência terrestre (Morante, 2022, p. 145).

Entre os anos 1453 e 1454, o beato volta novamente a Roma para cumprir mais uma solicitação papal, mas sobre a qual não há documentos que a comprovem. Em fevereiro de 1455, morre na capital da Itália, sendo sepultado na Igreja de Santa Maria sobre Minerva. Elsa Morante escreve que "a sorte do pintor não foi ter morrido em sua casa florentina no Convento de São Marcos; mas em Roma, que para ele era uma terra estrangeira muito distante" (Morante, 2022, p. 146).

E, ali, em Roma, encontra-se também um vestígio paradoxal: o pintor das semelhanças dissemelhantes é retratado em seu túmulo sob o regime da semelhança. Elsa Morante não deixou escapar esse detalhe, ressaltando que ele:

> Foi sepultado na igreja romana de Santa Maria sobre Minerva; e ali, esculpido sobre sua pedra tumular, iluminado realmente por uma lâmpada elétrica, pode ser visto seu último retrato. Sem dúvida, está muito diferente do outro que conheço, no qual Luca Signorelli o representou com ênfase heroica. Porém, nos traços quase camponeses dessa pobre máscara de velho adoentado, é possível decifrar melhor, poderíamos dizer, a escritura materna de seus três nomes: Beato Angelico, na atenção; Giovanni, na disciplina; e Guidolino, na esperança interrogativa daquele raio amante prometido, o qual não se decompõe no espectro visível (Morante, 2022, p. 146-147).

Guido di Pietro (nome de nascimento), também conhecido por *Giovanni da Fiesole* (nome assumido por ele quando de sua vocação religiosa), mas muito mais admirado como *Beato Angelico* (nome que lhe fora atribuído por sua lenda popular), nunca se retratou, jamais se deixou retratar. A tumba do pintor, situada à esquerda do altar da Igreja Santa Maria sobre Minerva, é singular, pois sua lastra tira seu primeiro retrato, esculpido possivelmente por Isaia da Pisa. Os traços do rosto do beato foram feitos a partir da sua máscara mortuária.

Isaia da Pisa, *Beato Angelico*,
Igreja de Santa Maria sobre Minerva, Roma.

Diante de sua tumba poderíamos não sentir nada de especial, já que é mais uma, entre tantas que retratam a imagem de personagens religiosas, com o intuito de serem para sempre lembradas e reverenciadas. Porém, a morada eterna do beato é a morada do paradoxo: o artista que passou a vida transladando figuras que operam uma reversão do olhar, o qual não se encontra mais centrado numa figura-aspecto, imóvel pela própria imobilidade da representação mimética, torna-se alvo da representação. Talvez por isso também, o destino de Fra Angelico não repouse mais na lírica, em sua poética figural, mas, sim, na História. O que antes era tropologia

— ciência dos tropos (das figuras), isto é, dos desvios de sentidos — torna-se o lugar da morada da História, da topologia. Ainda: o que antes era figura torna-se, ali, símbolo. Aliás, este parece não ser apenas o duelo travado entre a Idade Média e o Renascimento, mas também o nosso, pois ainda vivemos em um mundo que tende a reduzir tudo a símbolos.

Encontrar-se diante de tumbas é uma experiência, do mesmo modo, paradoxal. Elas não apenas dizem respeito a alguém que nos é muito próximo. As tumbas nos atravessam. Encontramo-nos diante delas implicados na presença desse acontecimento singular, pois aquele que nos era tão próximo, tão semelhante, passa a ser, com a mesma força, dissemelhante. Portanto, estar face a face com uma tumba nos permite pensar o impensável. O contato com a tumba nos permite também pensar na relação presença-ausência, não habitada por dois polos distintos, mas complementares e diferidos, ao mesmo tempo. Yves Bonnefoy foi tocado profundamente por essa questão, quando de sua viagem a Ravenna, na Itália. Ele, em 1953, escreveu *Les Tombeaux de Ravenne* — que abre o volume *Lo Improbable* (1959) —, no qual lemos: "Muitos filósofos quiseram dar conta da morte, porém não conheço nenhum que tenha considerado as tumbas. O espírito que se interroga sobre o ser, porém raramente sobre a pedra, distanciou-se dessas pedras, que são abandonadas duas vezes ao esquecimento" (Bonnefoy, 1998, p. 15, tradução nossa).

Os monumentos de Ravenna são as tumbas: a tumba de Dante Alighieri, a suposta tumba da imperadora romana Galla Placidia, assim como as tumbas desertas e inominadas, espalhadas por alguns pontos da cidade. Essas tumbas desertas, abertas ou cerradas, nos confrontam a todo instante. Talvez por isso Bonnefoy tenha destacado seu duplo esquecimento, ou seja, o esquecimento do esquecimento. Talvez também por isso nos inquiete a parte final do prefácio que Georges Bataille, sob o pseudônimo *Aristides, o Cego*, escreveu para *Le Mort* (1967):

> Mais do que a mulher que vai ao excesso de uma desordem angustiante, chamo a morte: nunca alguém a terá convocada a não ser em silêncio? Chamo a morte. Escrevi *O Morto*. Não quis que sobre sua tumba fossem escritas as seguintes palavras: *finalmente alcancei a FELICIDADE SUPREMA*. A tumba também, um dia, irá desaparecer (Bataille, 1981, p. 77, tradução nossa).

Yves Bonnefoy, não por acaso, sente-se feliz por poder se colocar à escuta do murmúrio de vozes que ecoam das tumbas abandonadas:

> Sem dúvida, não senti senão alegria. Fiquei feliz com os sarcófagos. Eu, o primeiro que desejou encontrar rostos imóveis sob essas abóbadas tensas, nos claustros, sobre os átrios, essa escuridão de um instante que é a apreensão da morte, caminhava até essas tumbas vazias como se estivesse me direcionando ao mais simples repouso (Bonnefoy, 1998, p. 17, tradução nossa).

Tumbas em Ravenna, foto de Davi Pessoa, 2012, Ravenna, Itália.

Uma alegria desconcertante: colocar-se à escuta das ruínas. Embora muitas dessas tumbas estejam abandonadas pela cidade, não deixa de nos surpreender que ainda possuam alguns de seus ornamentos — os quais, na percepção de Bonnefoy, despistam nosso olhar, como se a tumba fosse nossa morada sem a morte. O apaziguamento não deve ser o princípio nem o fim diante dessas moradas, mas muito mais um confronto entre o que nos angustia e o que nos acalma, abrindo um interstício no qual se ativa o pensamento que articula vida e morte[27].

Tumba em Ravenna, foto de Davi Pessoa, 2012, Ravenna, Itália.

27 "O ornamento é um mundo fechado. Se criar uma obra é lançar-se para fora de si mesmo, eu também pensava que não havia obra de ornamento. Em vez disso, ele simplesmente continua um jogo. É assim que o conceito atua: o jogo que lhe falta é o sistema que o cimenta. O sistema do ornamento é a harmonia de suas mil formas, suas palmas, sua folhagem... O conceito tenta encontrar a verdade sem a morte, fazer esta finalmente não ser verdadeira mais. Eu acreditava que o ornamento pretendia erigir nossa morada sem a morte, fazendo com que ela enfim não existisse mais aqui" (Bonnefoy, 1998, p. 18-19).

Didi-Huberman ressalta o impensável que as tumbas nos permitem pensar. Encontrar-se diante de uma tumba é um acontecimento singular. Por quê? Ali não é simplesmente a morada de quem não se encontra mais entre nós? A morte, ali, não é a do outro? O véu que foi colocado sobre as tumbas parece desnaturalizar nosso contato com a morte, como se ela não fizesse parte da vida. A morte não está situada em um além, reservada ao espaço exclusivo do morto. Ela nos envolve, atravessa-nos, deixa um rastro em nossa experiência. Didi-Huberman em 1998 publica o livro *Phasmes: essais sur l'apparition.* Na quarta parte do livro, intitulada "*Disparaître*", lemos *"Dans la lueur du seuil"* [No clarão da soleira], em que o crítico retoma alguns pontos do ensaio de Yves Bonnefoy sobre as tumbas de Ravenna (não nos deixa de surpreender também o fato de que no livro *Lo Improbable* encontra-se também o ensaio sobre Fra Angelico, que Didi-Huberman mais uma vez deixa de lado em seu estudo sobre o pintor dominicano. O crítico acrescenta:

> A tumba não é metáfora, mas a morada sensível do morto. Toca-o e nos toca com esse mesmo contato. E Bonnefoy se aproxima dela com o auxílio de palavras como "lugar", "presença", "ato", "deslizamento". Mais do que uma ontologia, que tais palavras poderiam indicar, acredito que haja um objetivo estético concreto, que diz respeito tanto à escritura quanto ao olhar. Recomeçar a ver, recomeçar a escrever — interpelando, no caso específico, as tumbas de Ravenna —, significa colocar-se na direção de um *réalisme de l'obscur* (Didi-Huberman, 2011, p. 203-204, tradução nossa).

As tumbas entendidas não como metáforas, mas como moradas reais, impõem uma dobra em nosso pensamento. Diante delas restituímos à morte uma vida de contato e contágio. Em outras palavras, uma mora singular do anacronismo. As tumbas esculpidas, cheias de ornamentos, distraem nosso olhar, pois a evidência da visibilidade se ergue com tamanha força, que não conseguimos operar esse desvio reflexivo: aquilo que está fora impede nossa relação com a parte interior, e ainda, poderíamos dizer, ausenta-nos de uma relação com nossa própria experiência interior. Nosso corpo permanece íntegro, pois nos sentimos protegidos por estarmos separados da suposta ausência de corpo na tumba, ou seja, da morte, e não só: de uma suposta ausência de contato com o corpo do morto. Em *Aracoeli*, publicado em 1982, Elsa Morante nos transmite uma reflexão singular acerca do anacronismo, do anacronismo que habita nossos corpos:

> Na verdade, de todos os abismos entre os quais nos movemos às cegas, nenhum é tão profundo, e desconhecido para nós mesmos, quanto o nosso próprio corpo. Podemos defini-lo como um túmulo que trazemos sobre nós; mas a escuridão do nosso corpo é mais impenetrável para nós do que as tumbas (Morante, 1982, p. 320, tradução nossa).

Se for verdade que as tumbas podem nos propiciar uma experiência de paragem e de passagem na soleira e por ela — ou seja, uma experiência de imanência, e não de transcendência —, então elas nos convocam a participar do ritual de luto/luta, de memória/esquecimento, visto que o morto não se encontra fora de nós, apartado de nosso corpo. Quando somos lançados no mundo, ocorre uma das experiências mais paradoxais, pois é também o momento — cada vez mais em nossos dias, com todos os dispositivos biopolíticos aos quais estamos submetidos — em que nos distanciamos de nossos corpos. Portanto, o desafio passa a ser o de operar uma dobra na própria soleira, em que o interior toca o exterior e vice-versa.

Anacronicamente, o beato propagandista do Paraíso continua, em nossos dias, a tombar. *E no ato de cair, desloca eras inteiras. Arrasta-as sempre que efetua o mínimo gesto.* Translações anacrônicas deliberadas e contingenciais: Kafka, leitor de Walter Benjamin.

Odradek sonhou hoje com Elsa e Fra Angelico.

Quais imagens em devir nos vêm do futuro?

Vidas, *figurações do mútuo.*

REFERÊNCIAS

AGAMBEN, Giorgio. *Profanações*. Tradução de Selvino José Assmann. São Paulo: Boitempo, 2007.

AGAMBEN, Giorgio. *Signatura rerum*: sul metodo. Turim: Bollati Boringhieri, 2008.

ARGAN, Giulio Carlo. *Fra Angelico*. Gênova: Skira, 1955.

BATAILLE, Georges. *Il morto*. Tradução de Eugenio Ragni. Roma: Gremese Editore, 1981.

BONNEFOY, Yves. *Lo improbable*. Tradução de Silvio Mattoni. Córdoba: Alción Editora, 1998.

DERRIDA, Jacques. *Pensar em não ver*: escritos sobre as artes do visível (1979-2004). Tradução de Marcelo Jacques de Moraes. Florianópolis: UFSC, 2012.

DIDI-HUBERMAN, Georges. *Dissemblance et figuration*. Paris: Flammarion, 1995.

DIDI-HUBERMAN, Georges. *L'immagine aperta*. Motivi dell'incarnazione nelle arti visive. Tradução de Marta Grazioli. Milão: Bruno Mondadori, 2008.

DIDI-HUBERMAN, Georges. *La conoscenza accidentale*: apparizione e sparizione delle immagini. Tradução de Chiara Tartarini. Turim: Bollati Boringhieri, 2011.

DIDI-HUBERMAN, Georges. *O que vemos, o que nos olha*. Tradução de Paulo Neves. São Paulo: Editora 34, 1998.

LONGHI, Roberto. L'Angelico, non sempre al convento (1955). *In*: LONGHI, Roberto. *Critica d'arte e buongoverno, 1938-1969*. Opere Complete, v. XIII. Firenze: Sansoni, 1985.

MOLDER, Maria Filomena. *Cerimônias*. Belo Horizonte: Chão da Feira, 2017.

MORANTE, Elsa. *Aracoeli.* Turim: Einaudi, 1982.

MORANTE, Elsa. *Piccolo Manifesto dei Comunisti (senza classe né partito).* Roma: Nottetempo, 2004.

MORANTE, Elsa. *Pró ou contra a bomba atômica.* Tradução e apresentação de Davi Pessoa. Belo Horizonte: Editora Âyiné, 2022.

VASARI, Giorgio. *Vidas dos artistas.* Tradução de Ivone Castilho Bennedetti. São Paulo: Martins Fontes, 2011.

1ª EDIÇÃO maio 2025
IMPRESSÃO jmv
PAPEL MIOLO pólen bold 90g/m²
PAPEL CAPA cartão triplex 300g/m²
TIPOGRAFIA new baskerville